U0654627

高发奎 著

孟言梦语

山西出版传媒集团
山西人民出版社

图书在版编目（CIP）数据

孟言梦语 / 高发奎著. — 太原：山西人民出版社，
2023.7
ISBN 978-7-203-12867-0

Ⅰ. ①孟… Ⅱ. ①高… Ⅲ. ①诗集 – 中国 – 当代
Ⅳ. ① I227

中国国家版本馆 CIP 数据核字 (2023) 第 092856 号

孟言梦语

著　　者：高发奎
责任编辑：孙　茜
复　　审：贾　娟
终　　审：梁晋华
装帧设计：罗佳丽

出 版 者：山西出版传媒集团·山西人民出版社
地　　址：太原市建设南路 21 号
邮　　编：030012
发行营销：0351 - 4922220　4955996　4956039　4922127（传真）
天猫官网：https://sxrmcbs.tmall.com　　电话：0351 - 4922159
E - mail：sxskcb@163.com　发行部
　　　　　sxskcb@126.com　总编室
网　　址：www.sxskcb.com

经 销 者：山西出版传媒集团·山西人民出版社
承 印 厂：济南精致印务有限公司

开　　本：890mm × 1240mm　　1/32
印　　张：8.75
字　　数：200 千字
版　　次：2023 年 7 月　第 1 版
印　　次：2023 年 7 月　第 1 次印刷
书　　号：ISBN 978-7-203-12867-0
定　　价：68.00 元

孟子故里寄乡愁

——《孟言梦语》序言

周贵玉

诗人从来都是多情的，所以，诗人以自己的故乡——孟子故里入诗，回望故乡，统揽人生，写就了这本《孟言梦语》。

这本诗集中，诗人以他独特的视角，写着他身边的亲人或故乡的真实生活状态，写着生命的本质真相和生活的悲欢离合，写着诗人心中深刻的孤独以及对故乡的回望和留恋。

细读诗人的诗集《孟言梦语》，我被诗中流淌的美所震撼，诗集中无一句不闪现着诗的光环。

它的美，美在极具乡土气息的意象，而所谓的乡土气息，指的是作家在自己的作品中鲜明地表述着农村的特点和韵味，以及一种浓郁得无法化解的乡愁。开篇《惊蛰》中，诗人这样写道："母亲跑出院子，以为儿子回来了 / 小狗脖子上的铃铛，叮叮当当地响 / 惊醒了母亲的梦……""惊蛰"惊醒的何止是母亲的梦呢，还有母亲日复一日的思念。

它的美，美在情感的真诚和朴素，这样的美使得诗歌更具有生活性。在《等雪的人》中，诗人如是写道："阁楼寂静，仿佛在等风 / 风那么小，那么轻 / 好像姐姐的针绣 / 针绣那么细，那么密……"这般质朴、从容的场景描述，从细微中见广阔，让读者不由自主地陷于其中。

它的美，还美在语言的清澈和干净，这样的美常常会让人怦然心动。而诗句的清澈和干净也恰恰反映出诗人的写作风格与处世态度。在《孟庙的树》里，这样的诗句直抵人心："在孟庙里，围观 / 一棵树，如洞槐望月 / 与孟子，谈心 / 一束光，足以照亮心底的暗……"读到这里时，我不禁为诗人对诗语的把控以及意象的纯粹所折服。它似成为心底流动的声音，让心变得沉静。

它的美，美在丰富而具有思辨的意趣。在《高家胡同的星星》中，有这样几句诗，颇有哲思趣味："两棵枣树 / 一棵，年年花开满树 / 一棵，也开花，却不结果……"诗集中这样具有思辨趣味的诗句俯拾皆是，这些诗句无不彰显出诗人有趣的灵魂和丰富的思想。

它的美，美在不着痕迹的艺术表现手法。在《初春的月亮》中，诗人这样写道："月亮从小北湖里爬出来 / 月亮从浣笔泉里爬出来 / 月亮从老运河里爬出来 / 春天分娩了……"鲜明的节奏，和谐的音韵，整齐而具有音乐美的诗句，无形中增加了诗歌的魅力。

它的美，更美在娓娓道来的抒情方式，给读者一种自然而然、如话家常般的情感体验。《小时候》这首诗便直入人心："胡同外的那棵皂角树 / 拴着马虎大妈家的大青羊 / 那时候，老鸹常常弄丢了枕头 / 那时候，隔壁的发小常常借给我弹弓……"这种单纯、普通而有节奏的表达，让诗句本身流溢出一种抒情美。而抒情美，则是诗歌中艺术美的最高体现。

当我读完这本诗集，不禁掩卷沉思，便觉从中读出了自然，读出了大地，读出了历史，读出了人文，读出了世态，读出了人生，读出了云卷云舒、阴晴圆缺，更读出了悲欢离合、世态炎凉。

天地阴阳，人情冷暖，和时节、历法一样周而复始。在这本诗集中，却给人以不同的感触。诗人对于故乡生活有着特殊的感情，对于故乡更有着深刻的理解。于是，诗人通过极具乡土气息的意象、真诚和朴素的情感、清澈而干净的语言、丰富而具有思辨的意趣、不着痕迹的艺术表现手法、娓娓道来的抒情方式，诠释了故乡的那些人、那些事，以及故乡的四季特色，从而将这本诗集提高到了一个更高的境界。因而，我读这本诗集的时候，如饮甘露，沁人心脾。

在这本诗集里，在诗人的内心里，有我们一直以来久违的朴素情感和心灵上的干净。反复品读这本诗集，你会知道一位真正的诗人对故乡的深厚感情，以及对文学创作的挚爱；你会深入一位诗人的灵魂，懂得什么是孤独，什么是善良，什么是责任，什么是爱。然而，也因读者不同，受益或所感亦有不同。所以，此中无穷意味，反复品读，则无限受用。

孟子故里寄乡愁，希望你读它，也谢谢你读它——《孟言梦语》！

目 录
CONTENTS

第一辑　春天的新娘

第二辑　鹅掌楸的夏天

第一辑

春天的新娘

惊 蛰

母亲跑出院子，以为儿子回来了
小狗脖子上的铃铛，叮叮当当地响
惊醒了母亲的梦

阳光驾云而入，绿铺满了红墙外的菜园
胡同里的接骨木，朝南的芽最饱满
蛰伏一冬的蝴蝶，醉了

飞不出父亲手掌里的我们
总是逃得远远的
站在摩天大楼的顶上，回望故乡

故乡就像月亮之下的风铃
再怎么蛰伏
风一吹，心就会痛，沙沙作响

三月的故乡

行李已经托运，冰雪早已消融
他乡的茶，就要变凉
故乡的酒，即将入喉
见到你们，我的心滚烫滚烫

从北向南，北方有白杨
从南向北，南方有玫瑰
老乡见老乡，握手，拥抱，问候
我的泪滚烫滚烫

在三月，我总要回一次故乡
小麦在疯长
到处都是绿盈盈的翡翠
你听，蝌蚪就要找到妈妈，青蛙就要合唱

村庄里，孩子们准备放风筝
胡同口，一个老妈妈踮起脚尖
朝东望
——"我儿回来了！"

村 庄

祈求南方的雨落在我的村庄
南方总是多雨
故乡的人们，知道雨水的珍贵
——春雨贵如油

村庄里住着我的大伯
麦地里埋着我的小姑
二十年了，兄妹俩总是隔河相望

等待北方的风吹来我的村庄
北方总是多风
故乡的人们，可知风声的轻重
——秋风扫落叶

村庄里住着我的现在
麦地里埋着我的过去
无论怎样，未来总是可期的

春天的新娘

——致林徽因

白，洁白，云朵一样白
棉花一样白，珍珠一样白
叶子，拿来泡茶，那香，那雾
那水，那甜

总是，想啊——百年好合之类的吉祥话
总是，希望——携子之手，与子偕老
流苏，袭一身洁白洁白的婚纱
等了四百年，爱了四百年

我想穿越到她所在的年代
我想送她洁白如玉的流苏花
我更想在今天，把她的诗歌朗诵
把她的暖，她的笑，轻轻地传染，传遍

春天的新娘，你是
人间的四月天，你是

你是千千万万人心中的流苏
你是春天最美的新娘花

星星的碎片

草原之夜，除了远方，还有风
琴声悠扬
我有一把琴，除了木头，还有星星的梦
碎了一地

姑娘把种子撒向深蓝的天空
鸢尾花在城市的行道旁闪烁
我从斑马线上飘过
我从盲道上摸索

请原谅我的不辞而别
请忘记我的诗歌
我从远方捎来了草原上的风
捎来了探索者的梦

天空，除了浅蓝蔚蓝深蓝墨蓝
还有星星的光
我从盲道上行走
到处都是星星的碎片，指引我们

四月的姐姐

响水不开，开水不响
纵使思念成河，思念成疾
远嫁他乡的姐姐，头也不回
一个去了丽江，一个去了伊犁

四月的太阳
融化不了玉龙山的雪
四月的风
吹不醒沉睡多年的姐姐

冰清玉洁的姐姐，再也回不到
魂牵梦绕的故乡
伊犁的水，更加清澈潋滟
故乡的云，像极了姐姐守护的棉花

误以为吐鲁番的葡萄熟了
姐姐从新疆寄来的棉花，那么白
母亲为父亲准备好了过冬的棉袄
尽管现在才是四月

棉花朵朵

站在高家胡同
最高的瓦房上，望老楸树上的老鸹窝
白云朵朵，棉花朵朵
蜻蜓在树下飞

透过护林房的小窗
成千上万的芦苇像迎接贵客的仪仗队
芦花朵朵，雪花朵朵
风像个调皮的孩子

芦花乱飞，芦根藏于土中
芦根的甜，勾起了我的馋
棉花渐长，棉根在土里安营扎寨
棉根的涩，提醒我的大意

大意失荆州，大意失马蹄
母亲揪耳朵，母亲扬起春天编的柳条
柳絮消失在春天，轻盈的梦，从南向北飞
棉花从春天出发，带上她的暖

水落在远方

春天的邀请函，姐姐
你收到了吗
水落在远方
一行白鹭在天空中写诗

一行白芍入药
外加白芨，白术，白薇
白前二两
你的脸色还是那么苍白

我不再行走江湖
从此，江湖又多了一个郎中
贫血或许缺铁
思念必然伤脾，一念姐姐

脾生血，肝生火，再念姐姐
青青河边，有草，草生水，三念姐姐
白鹭飞过，天空干干净净
——春天，倾巢而出吧

山水课

山在，她就在
我可爱的山村女教师
用水，板书
滋润我们的心田

春分，雨水渐多
雨落瓦屋
雨打芭蕉
何时，雨打樱桃

雨是水的姐妹
水是山的同学
走进大山
传播大爱

听她一节课
胜读十年书
等，我愿意
因为她是最美的新娘

五月的风

从四月接踵而至的风
把五月轻拥入怀
像那年擦肩而过的你
把老街的霓虹灯闪了又闪

杜甫草堂啊，我迟迟未行
江南的小酒馆，琳琅满目
我以为是乐不思蜀的成都
我以为戴望舒还在雨巷里徘徊

五月已经来临，风还有几丝温柔
我知道梅雨就要悄然而至
我知道就像你的梦
——不翼而飞

把四月的手，紧紧抓住
把晚春的爱，层层挽留
杜甫的诗，还在岳阳楼上
五月的风，捎来了夏的阳光

立夏记

石头藏不住夏天出没的泉水
泉水叮咚，忽而轻，忽而重
她坐，便轻
她跑，便重

石头，剪子，布
一些时光，留也留不住
一些时间，如流水，一去不回
一些时候，爱，就要说

石头，千奇百怪，千头万绪
她来，石头唱，蝴蝶绕
草没了她的踝
风吻了她的脸

我从春天开来的绿皮火车
驶入了夏天的第一站
山不转水转
——她不转，我转

六月的雨

拔掉仙人掌的刺，我的心
隐隐作痛
六月的风捎不来五月的爱
一封情书挂在石榴树上

山雨欲来风满楼，六月的雨
总是让风打个招呼
撕心裂肺的，除了爱的力量
还有大自然的推波助澜

飞沙走石，在爱的边缘
行走，小心点
有危险
亦有美丽的栅栏

落红满地，火红的石榴花
躲过了初一，再躲过十五
躲过去，就接近了成熟
雨吻了仙人掌，我吻了六月的你

枇杷熟了

总是把樱桃当作春天第一果
总有杨梅荔枝与枇杷三争天下
枇杷树树香
鸟儿已经等不及吹响冲锋号的夏

鸟儿冲下来，把它啄伤
鸟儿忘记了爱情
太阳升起来，把我的眼睛灼伤
你知道的，又是一个炎夏

你说过的，等枇杷熟了
衣锦还乡的
青春留给了南方
赞美留给了后生

后生可畏，先生我未生
总是在夏天怀念樱花
总是在闹市怀念小桥
怀念流水，怀念人家

坐在地头上

姐姐在摘棉花
有只贪玩的蝴蝶
惊扰了两只蜻蜓的午休
溪水兀自流，流入白马河

我的眼里只有洁白的云朵
云朵在河里
我的眼里只有洁白的姐姐
姐姐在地里

我坐在地头上
井水并不打算冒犯河水
井水里打捞，有蛇，有草蝇
有影子，有镜子，有棉花的白，有月光的白

一杯一杯，喝光了塑料桶里的茶
像打饱嗝的大妈
一朵一朵，像雪，像白色的花朵
像姐姐折叠的纸白鸽

大 雪

村庄提前秋收
冬藏
村口的风，好比老村长
拉家常

大雪提前到来，时候才是霜降
立冬接踵而至
小雪不甘示弱
大雪就要封门

围着火炉，想起母亲的娘亲
烤着地瓜，只记得外婆的慈祥
那三寸金莲，把高家胡同敲响
那拐杖，藏着掖着冬的梦

重男轻女的思想
早已被大雪埋葬
飘着雪的故乡
洁白，安详

秋天的石头

想念秋天，确切地说想念远方
想念远方，想念秋天的石头
石头那么白，像谁把白云扯下来
白云那么远，像草原上的骏马郊游

有一个好姑娘，把露水
从一棵草捉到另一棵草上
有一把旧镰刀，挣扎着
从东墙上跳下来

阳光，一定是秋天的阳光
从她的瘦瘦的脸颊两边落下来
木栅栏处，偶尔有两只鸟打闹一番
蟋蟀与蝼蛄，不得不藏得更深一些

山谷里，藏得更深的还有好石头
山谷在远方
山谷外，藏着更多的好山好水
还有好姑娘

深秋的姐姐

在乡下的时候，总想往城市里钻
像流浪的兔子
浑身上下扎满了苍耳子
秋天像不像离家出走的姐姐

枫叶槭叶，以及渐黄的柳叶
经阳光一晃再晃
姐姐的花衣裳，弥漫着泥土的芬芳
金子的颜色，托在她的掌上

总想做一个出家的人
在落满松针的南山上肆意行走
再也不用担心荆棘丛生
再也不用担忧囊中羞涩

寺院，往往隐于荒山野岭之中
再也不用担心寄人篱下
再也不用担忧卧薪尝胆的人
姐姐，我从一个秋天寻到又一个秋天

串杨叶

女儿在胡同里串杨叶
时候已是十月
时令已是深秋
时辰已是午后

女儿不懂父亲的乡愁
母亲的簸箕里装满了布条及针
把补丁缝成了乡愁
千丝万缕的乡情，弥漫着阳光的味道

少小离家老大回，串杨叶的女儿
不懂父亲的乡音
乡音不改
乡路依旧认真

白杨与青杨，像门神一对
守着高家胡同的清静与安宁
风一吹，片片落叶
像蝴蝶镀了金

纸蝴蝶

妮妮折纸鹤
煊煊叠纸蝴蝶
妮妮的爸爸还在守着灯塔
煊煊的爸爸还在井中修行

纸鹤的翅膀，坚而硬
像初冬的粉条挂在胡同中
蝴蝶的翅膀，薄而明
像晚秋的窗纸贴在月亮上

妮妮想的时候，望望胡同外的路灯
哪个是老爸，哪个是飞蛾
煊煊想的时候，瞧瞧胡同里的鬼针草
哪个把信带走，哪个把话传达

飞吧，飞吧
哪怕只有一只纸叠的蝴蝶
飞呀，飞呀
还有谁的眼里没有亲亲的父亲

春天的消息

母亲拾掇西屋，毛毛摇尾乞怜
母亲拾掇东屋，毛毛如影随形
母亲忙里忙外，院子扫了一遍又一遍
活蹦乱跳的鱼，遍体鳞伤

春天的风声，是谁
春天的雨声，是谁
春天的读书声，又是谁
偷偷偷走了

高家胡同的云上，谁在望
高家胡同的树下，谁在望
高家胡同的老妈妈旁，谁又在望
——春天的消息

花是茉莉花，茶是茉莉茶
她说她最爱茉莉花
她说她最爱茉莉茶
一个是未来，一个是现在

春天里

我们在春天里，握手言和
海子已经复活
经过九条冰雪消融的河
解封的村庄，有一只喜鹊在雀跃

我们在春天里，放手一搏
大地已经复苏
经过九座郁郁葱葱的山
滚烫的胸膛，有一个姑娘在歌唱

我们在春天里，爱护巢中的鸟蛋
万物已经重生
经过九九八十一天的等待
——春风送暖

我们在春天里，守护寂静的家园
青春已经启程
经历九九八十一难的磨炼
——喜降春雨

春天的早晨

它敲打几下厚厚的飘窗，算是春天
给她打了招呼
探出头，像好奇的
信鸽

该来的总会到来
我们坦然
该暖的总会暖
我们喜欢

许久没有下楼了
不是因为拐杖隐身了
张开双臂，想飞
春天扑面而来

母亲的谷雨

忘事了。母亲
总是包韭菜鸡蛋馅的水饺
等我回家吃
天底下的老的，总是疼小的

母亲又一次
把我当作她的小儿子
她不知道，我一吃韭菜
胃就痛

后来，我一看见麦苗
胃就会痉挛
再后来，我一闻见韭菜的香味
泪就如雨下

母亲，消失在谷雨里
她的背影躲在厚厚的云底
大地一片明媚
那是母亲心里的春光

等雪的人

烟囱接二连三地冒出洁白的烟
鸽子误以为是忘记返乡的白云
冬月忘记了季节，温暖如春
姐姐忘记了出嫁，阁楼寂静

阁楼寂静，仿佛在等风
风那么小，那么轻
好像姐姐的针绣
针绣那么细，那么密

冬月无语，好像在等雪
雪那么美，那么白
仿佛姐姐的心愿
心愿那么浅，那么清

鸽子飞翔，守着寂静的村庄
炊烟袅袅，远离矮矮的土墙
姐姐出嫁了，等雪的人
忘记了雪最初的模样

村庄以外

七星级的瓢虫，麦芒上爬行
微风吹落了微尘，我知道
庭院深深，草木深深
藏书楼处，始终虚掩的门

总是挤进去，挤来挤去
宛如高家胡同的边境
边境外是羊肠小道
小道外是村庄以外

五星级的蝴蝶，花丛中潜伏
微风吹拂着微云，我晓得
高楼处处，草木皆兵
电梯尽头，总是紧闭的门

始终等不到，左顾右盼
1988 年的露天电影
鸦雀无声
雪落村庄，大地一片苍茫

雪落村庄

雪儿，雨的姐妹
从天而降
从天而降的你
钻进了我的梦，我在梦里奔跑

母亲把父亲的被角
抻了抻
天就亮了
窗外，有猫经过

羊圈里有羊，狗窝里有狗
一捆捆干禾，一撮撮芨芨草
月光不见了
只有盐与霜

我从梦中醒来，说着胡话
姐姐从远方赶来
一会儿扫雪
一会儿把热手巾敷在我的额头上

风吹麦田

我喜欢望云，在云之深处
有她的模样
她的眼睛真亮
像母亲念念不忘的荷塘

不远处的麦田，有风吹过
层层波浪
层层尽染，金黄
如她的善良，闪闪发光

我喜欢麦田，在大地之上
有她的梦想
她的想象真美
像姐姐恋恋不舍的春光

不远处的云朵，有鸟掠过
只只吉祥
只只潇洒，优雅
如她的舞姿，绿意盎然

姐姐的村庄

嫁出去的姐姐，更像一去不回的溪水
一亩二分地，还给了月光
土坷垃，硬如鹅卵石
芨芨菜，爬满了坡

姐姐在前，我在后
种瓜，种豆
春在前，夏在后
赶鸡，赶鹅

请把月光还给村庄
请把远方还给故乡
姐姐已经出嫁
童年已经长大

溪水已经入河
河水已经入海
珍惜吧，往后余生
往往聚少离多

父亲是一株麦子

麦子已经进院了
父亲拍着手笑，胡同里的枣花
吹起了小小的喇叭

已经好久没有喊一声老爸
父亲是一株麦子
我与弟更像挑食的小鸟

一只飞往老运河
一只飞去孟子湖
筑巢，安家

更多的麦子进城了
如千军万马
父亲守着高家胡同像麦子守着大地

母亲的端午

母亲踮起脚尖，在胡同里逡巡
门可罗雀，并非民风日下
村里的后生，早已在外生根发芽
城市由小变大

地锅里煮鸡蛋
地锅里煮土豆
地锅里的粽子，在别人家的碗里
我们总是吃着锅里的，看着碗里的

院子里的石桌上，摆了应季的水果
两只大大的空碗，朝天
一碗盛鸡血的石头
一碗盛琥珀的月光

轻轻剥开鸡蛋
蛋青给弟，弟破涕而笑
蛋黄给我，我掩面而泣
母亲啊，只记得我们的童年

姐姐的谷雨

枣花从胡同的石墙处伸了出来，抻了抻
榆钱老了，更像外婆望了一辈子的云
榛子与青杏比赛，看看谁更小巧
左邻右舍，忙里忙外

姐姐就要嫁人了
布谷就要鸣叫了
"娶个媳妇满堂红，嫁个女儿满屋空"
"谷雨前后，种瓜种豆"

姐姐哟，父亲的旱烟袋干瘪了
母亲的眼泪救活了一株枯萎的月季
姐姐哟，四月的春色，关也关不住
小院的烟火，像下了一场薄雾

写一首谷雨辞，春天最后一个节气
寄一封山水信，胡同最后一个姐姐
喇叭，唢呐，吹起来吧
喜气已经盈门，枣花即将落地

妹妹的蝴蝶

故乡的西边，有一条河
故乡的东边，有几道铁轨
有鱼，偏爱于小溪
有蝴蝶，出没于荒郊

有洞，藏于荒野内
有光，隐于洞穴
在乡下，空气是绿的
在乡下，帽子是草编的

太阳一晒，泛黄，泛白
有风吹来
有草，隐隐作痛
有蝴蝶栖息在她的发际

妹妹，从小得了自闭症
铁轨，没有绿皮火车驶出
小溪，仍有鱼出没
蝴蝶知道没有春天不会到来

九月的玉米

寂静以外，玉米挺直了腰板
胡同内外的乡亲，趁着月色朦胧
夜微凉
开始穿梭，开始收获

露出金黄的牙
剥开外衣，只剩下饱满的
种子，玉米粒
又一次完成了使命

又一次完成使命的
还有引我误入春天的蝴蝶
在树上，在枝桠之间
甚至草丛里，结茧

九月，适合登高望远
我像一株久离家乡的玉米
突兀地站在城市的橱窗前
想象模特的外衣，穿在马虎大妈的身上

晚熟的玉米

西风是秋的呼吸
大地是蟋蟀的温床
西风，不羁的精灵啊
你说，玉米是大地的宠儿

且听风吟
一株晚熟的玉米
错过了最后一班板车
笑，洋溢在老农的脸上

农家小院，恢复了往日的
嚣张跋扈的热闹
到处都是玉米棒子
到处都有蟋蟀弹琴，歌唱

那一株晚熟的玉米哟
仿佛在等着什么
——去年的读书郎
正在画一幅晚熟的人的画

李白的月光

一个人，如果允许漂泊
那就去吧
月亮出来了
世间多了一壶老酒

天上人间，无疑
他
最长于告白
月光最擅于疗伤

和李白对饮
月移星动
琳琅满目的饮料
充斥着我们的左右

我看见更多的儿童惧怕月光
以及带有白的字眼
我看见更多的爹娘
头上落满了霜

立 夏

高家胡同，把立夏的秘密隐藏
小小的槐花吹起了小小的喇叭
五月的麦地，等你，等我
小小的白鸽像姐姐寄给远方的诗歌

高家胡同，把立夏的幸福敲响
小小的麻雀叽叽喳喳地诉说
五月的村庄，有你，有我
小小的蝴蝶像姐姐留给故乡的情结

高家兄弟，从四面八方赶来
五月的麦地，让我们尽情地拥抱
麦子就要饱满
麦子就要入仓

高家兄弟，从未忘记父老
五月的村庄，让我们煽情地说笑
乡亲，你好
乡亲，你早

阳 光

豆角上了架，蔷薇上了墙
阳光打在窗上
阳光打在地上
阳光打在水上

麦子上了场，谷子上了场
阳光打在爷爷的脸上
阳光打在父亲的手上
阳光打在姐姐的心上

牛进了屠宰场，羊进了羊汤馆
阳光打在粮缸上
阳光打在酒缸上
阳光打在水缸上

阳光啊，偷走了我的影子
阳光守着我的故乡
阳光啊，打磨着我的日子
阳光呵护我的姑娘

芒　种

蛙声与蝉鸣
究竟哪个惊扰我的梦
一个喜欢白天
一个喜欢夜晚

姥姥与妈妈
究竟哪个惊了我的心
一个喜欢针尖
一个喜欢麦芒

我按捺不住芒种时节的喜悦
挥舞着锈迹斑斑般的镰刀
收割月光
收割麦子

我来到念念不忘的故乡
写下几行有点滚烫的文字
献给未来的日子
献给未来的孩子

秘 方

让我守住远离城市的水缸
司马光没有砸碎的那口
让我收回远离故乡的月亮
苏东坡没有喟叹的那枚

让病毒无处可藏
水以身犯险，引来火
水生木，木生火
火克水

把水酿成酒
把酒还原成乙醇
度数刚刚好
——75 度

把月亮捂热
把火架起
春天刚刚好
又多了一个炙烤病毒的太阳

如果云知道

房间里充满了阴影
她像一个木头人一样，一动不动
虚掩的门，匍匐在地的
像一个忐忑不安的小老鼠

母亲说，屋子里闹鬼
母亲说的时候，高家胡同里的风
哗众取宠，马虎大妈敲打着喂鸡的瓷盆
云在云村的上空飘着

仿佛在说谎
云也在雨村的上空飘着
如果云知道
我是风的孩子，我有风的样子

老楸树，小乌鸦，湿漉漉的井绳
明晃晃的太阳，锈迹斑斑的镰刀
一片云
会不会赴约而来

时间的绳索

勒紧我
每一个人都在摩拳擦掌
每一滴血都是热的
每一滴泪的前世都是洁白的雪

抱紧我
每一棵草都在学张牙舞爪
每一丝风都可以让我心惊肉跳
每一处悬崖的栏杆像你粗壮有力的大手

勒紧我
我的父亲
一个汗珠摔八瓣
每一瓣好比荷塘月色里的莲

时间像绳索，绳索像蛇
母亲说我属蛇
书籍像绳索
抱紧了我，我抱紧了月亮

母 爱

母爱是什么
大山？大河？抑或是天山雪莲
母爱啊，谁又说得清
——黑夜里的火把，寒夜里的火焰，迷途中的火苗

如果我是一只蜻蜓，母爱是荷
如果我是一朵红荷，母爱是叶
如果我是"接天莲叶无穷碧"的绿叶，母爱是水
如果我是水，母亲甘愿做水底默默的泥

母爱是弯成镰刀的月亮
母爱是磨成月亮的镰刀
母爱是抚摸麦田的风
母亲呵！干脆站成了一株麦子

母爱是"临行密密缝，意恐迟迟归"的春晖
母爱是"见面怜清瘦，呼儿问苦辛"的唠叨
母亲守着乡下的老屋
——迟迟不肯动身

蝴蝶梦

我喜欢蝴蝶的一个原因，它会飞
飞向她所在的城市
恰巧飘过她所眺望的小窗
我在她梦里去过的远方

还记得山的名字吗
还记得河的样子吗
不会是稽灵山吧，滑稽而有灵性
不会是滑将河吧，滑倒将军的河

庄生梦蝶，蝴蝶梦我
我在谁的梦里
谁在我的梦里
梦外，叶子与叶子亲切地交谈

蝴蝶在森林里
蝴蝶在草丛里
蝴蝶飞进她的梦里
恰巧，我也在

酒醉的月亮

是李白的月光
是杜甫的草堂
是的，是姐姐的月亮
是的，是蝴蝶的草堂

今夜，我在太白楼上
一杯一杯
千杯不停
今夜，琥珀是你的眼泪

起风了，在今夜
起舞吧，在今晚的月光下
起来吧，姐姐
今夜，千杯不醉

你的，我的，誓言像一杯毒药
再也不能"不醉不归"
李白，杜甫，月亮像一个醉鬼
再也不写"太白太醉"

碗里的月亮

嫁出去的姐姐，如黄河之水
一去不复归
奔月前的嫦娥，如村庄的
阡陌失约于昙花

此刻，月儿从西山升起
像锃光瓦亮的镰
今夜，闪电失约于
名扬四海的黄河

如海子失约于春天
粮食失约于大地
如碗里的月亮
失约于乡愁

今夜，我只想你——姐姐
我从井下冉冉升起
月亮消失在九月
故乡像遗失千年的青花瓷碗

柳哨声声

若不是故乡的尽头是山水
若不是炊烟的方向是乡愁
若不是江河的冷暖，鸭早早地发了情
若不是发小的麻木，柳哨吹响了风声

那座小桥，已经没有少年在那里反复
背诵《少年中国说》
那户人家，已经没有篱笆在那里
引蜂招蝶

若不是渡口盛开了桃花
若不是枷锁，油漆剥落
若不是夕阳红，有一个老者在捡白色的口罩
若不是近黄昏，有一个男子在找柳树的洞穴

钻进童年的梦里，梦里有一个少年
梦外有一个怀春的少女
柳哨声声，声声入耳
三月的鲫鱼最美

生铁岁月

父亲恨铁不成钢的眼神
像从屠宰场
逃出来的老黄牛，孤立无援
抚摸我，然后转身而去

夏日的小令，在荷塘的月色中流淌
左手孟子
右手老子
灵魂摆渡，湿了我的梦

名落孙山，又一次
耳朵通红
耳朵生疼
又一次，名落孙山

父亲啊，我生来就是一块生铁
再多的抚摸
再多的温柔
过去现在未来，我就是一块硬骨头

青铜之灯

退居二线的煤油灯，和破铜烂铁在一起
父亲从木厂捎来的宝贝
照亮我的中学时代
我在长夜中思索，星星为什么也点灯

丢掉铁饭碗的父亲，和叔伯兄弟在一起
废物利用，打磨了一盏青铜之灯
铁杵磨不磨成针
关键看功夫深不深

白手起家，说的是我的邻居二叔
小学文化，凭着一盏青铜灯
硬是照亮了进城出城的路
养活了一家七口人

偶尔遇见他，讲鬼打墙的遭遇
冷汗从他的额头冒
跟着好人学好人，跟着青铜之灯
灭鬼神

夜色温柔

五月，该开的花开了
该落的也落了
从外婆家借来的羊也入了圈
星星在银河里游泳

奶奶摇着蒲扇似乎在驱赶花脚蚊子
反正夜没有一丁点的暑气
反正乡村的电就是这么霸气
反正我的数学老师还在洗晦气

他的儿子还没有满月
他的姑娘还在尿床
他的女人像个女菩萨
挂在洒满月光的坑上

月色温柔，花色浅
奶奶把小叔的夹袄改了
改成了堂妹的小背心
改成了堂弟的尿布片

安于现状

她的脾气，安于苦楝树的花语
把胳膊裸露在春天里
——痒

几只蚂蚁密谋，在西屋的铁锅上
急行军

这些年，习惯了安于现状
脑袋，被驴踢过
——木

木秀于林，她的眼里
进了沙子

添把火

月亮跌入了山谷
偷影子的人，和村东头的
马虎大妈
偷情

一场大雨
却洗刷不掉
贞节牌坊上口红的
颜色

架起锅，最好不是油锅
再烫的开水
也烫不醒
一头猪

围观的人们
丢掉手上的锄头
一条狗从村西头叼来一根骨头
为即将熄灭的火添一把柴

一只空碗

用一根，不，一双筷子
夹水珠
从一只空碗
到另一只空碗

姐姐认真的样子
发小笑
堂弟堂妹们哈哈大笑
我依然无精打采

母亲说我的魂丢了
丢在荷花池里了
荷花是一个仙姑，仙姑
提着一个花篮

我的笛子，从一个神仙说起
我的命运，与一只空碗有关
四肢朝天，文曲星喜欢
看我误解姐姐的样子

庭院深深

高高的马头墙
出没在我
思念姐姐的地方
月光下，谁在挥毫泼墨

低低的马头琴
浮沉在我
想念故乡的地方
落日下，谁在挥金如土

十九年前，我背不走
高高的马头墙
十九年后，我走不出
姐姐的银项圈

九年前，我抚摸着
马头琴，琴声呜咽
十年了，我回望着
故乡，故乡更远

银项圈姑娘

皮肤过敏的，不止我
还有甜蜜蜜的花粉

天空翱翔的，不止鹰
还有我的想象

十年后怕的，不止蛇
还有她胸前的红头绳

念念不忘的，不止她的笑
还有她脖子上的安娜

她是一个菩萨
普度众生

我是笨拙的佛
银项圈与紧箍咒，我选择了悟空

第二辑

鹅掌楸的夏天

我的姐姐坐在那里

尼姑庵前的那棵柿子树
摇了一下晃了一下
不远处的石头
仿佛动了一下

我的姐姐，坐在那里
春风吆喝成一把剪刀
三千烦恼丝与弱水三千
与阳光捉迷藏

是尘埃，终究落定
是缘，是劫
终究逃不脱
庭院深深深几许

酿酒的师傅，微醺
抬花轿的大伯与三叔
一个东倒一个西歪
到处都是小星星，到处都是红灯笼

小桥流水人家

沿着尼姑庵向南探身，凝望
有一座小桥
桥的东方有洞，洞里有神仙姐姐
对弈

七只动了凡心的蜘蛛
织网
挂住过往的红尘
炼丹炉的火抑或熄灭上千年

满面尘灰的卖炭翁数着
人家的烟火色
贩煤为生的发小
数着结发妻子身上的青痕

我的姐姐坐在那里
看水
枯藤如蛇
如鞭，鞭长却莫及

在邹城的一个客栈里

拉上吧，拉上你的拉链

我打你的江南

走马观花

邹城的客栈，无法迎合一个过客的浅薄

孟庙里的碑刻

我无法托运，没有哪个翅膀

能够承受之重

我无法邂逅一场艳遇

好比我无法放下诗歌

放下它，我像极了玻璃窗前的苍蝇

母亲说男儿应该更像一只苍鹰

天空亦是领地

放下爱，放下霜，放下雪

孟府里的流苏

酝酿下一个春暖花开

没有谁把客栈当成永久的家

我的妹妹坐在那里

梦见的是你，我却不是庄生
腊月的芦花与早春的鸡纠缠不清
竹笋在雨后冒尖
早起的蜻蜓立在残荷与枯梗之上

一盏青灯
一尊古佛
我的妹妹坐在那里
蒲松龄笔下的狐狸又一次放过了书生

滴露的村庄，我在等黎明之光
滴泪的菩萨，我在砸偏见之缸
滴水之恩，涌泉相报
一个未索，一个未忘

我的妹妹坐在那里
十七年的木鱼，十七年的月光
榆木脑袋仍然还是疙瘩
我放下姐姐的执念，收起妹妹的泪光

孤独是一只鱼筐

海水发咸，海风发腥
海岸线拉长
如我的思念
如我的孤独漂在海的泡沫上

海水发软，海风发暖
海岸线拉远
如我的等待
如我的孤独立在海的灯塔下

孤独是一只鱼筐
我们从海洋逆流入江入河入溪入涧
我们更喜欢鲤鱼鲢鱼草鱼青鱼
妹妹像洄游的小鱼儿

妹妹坐在那里，跳入年画里
年画挂在墙上，旁边有只鱼筐
我嗅到了远方的咸，窗外的梅花香
鱼筐像极了我的孤独

借母溪

公众号里邂逅他的借母溪
凄美，如借出去的妹妹
如泼出去的水
你看，门前的望云河，水位又涨了

女子终究成为女人
妹妹终将成为母亲
红尘未必看破
剑客沦为看客

我的妹妹坐在那里
看云卷云舒
看太阳藏在母亲的身后
焦头烂额，如父亲的烟斗

把鱼线放长
长得可以钓起那个月亮
月亮掉进云南的借母溪里
像不像流年放生的鱼儿

愧对蓝色的死亡

——致敬特拉克尔

栖息地，特拉克尔的蓝色灵光
只属于 27 岁的诗人
蓝色的海洋，我爱
蓝色的天空，我更爱

蓝色的大地，奔跑的是我
蓝色的森林，迷路的也是我
27 岁的诗人啊，是安息
还是玩游戏

死亡，本身就是一种游戏
开屏的蓝孔雀
试飞的灰麻雀
我看不见，却听见了生生不息的歌

我听见了母亲声嘶力竭的呼喊
我努力睁开几近绝望的双眼

亲爱的特拉克尔，我又一次愧对蓝色的死亡
我选择把人世间的情债首先偿还

鹅掌楸的夏天

小花，初夏
我喜欢绿色胜过蓝色的火焰
狼的眼睛闪着绿荧荧的光
夜升起了火，影

无处躲藏
躲猫猫的青梅与竹马
一个出发，一个再出发
你不会相信，她坐上了一辆马车

一片叶子落下来，像鹅掌
又一片叶子落下来，像马褂
不要再落了，我不想赞美蝙蝠的翅膀
倒挂的地方

老楸树挡住了城市的灯火
甚至乡村的凉爽
你不会相信，我爬过的那棵树
有鸟探出头来

躲避春天

我们躲避春天，像躲避
一场瘟疫
迎春花像刚初生的鸭宝宝
冷得蜷成了缩头乌龟

口罩外的两只眼睛像惊弓之鸟
我看看哪片云彩会下雨
母亲已经多年没有站在胡同口
望老榆树上的榆钱了

老校长练习着敲打
熬白汤的那顶铁锅，疑似上课的铃声
老村长演习着放哨
村西头的那条水路，传来鱼上钩的水声

芦花鸡躲避黄鼠狼，春光一目了然
芦苇荡躲避读书郎，春风改了模样
我躲避春天，一首诗
换不了几个口罩

烟　花

春天许的愿，夏天慢慢还
烟花三月，我们一起下扬州的计划搁浅
一些故事，正在回乡的路上
一些往事，正在解陈年的毒

一坛酒，究竟埋多少年头，才最浓
一封情书，究竟锁多少日月，才最懂
从深深的喜欢到浅浅的爱
喜欢烟花胜过人间无数

烟花是一个女子，如荷，亭亭玉立
烟花是一个姑娘，如水，清澈见底
烟花在三月，我们顺河而下
——扬州的梅子酸了

乐不思蜀的我们，迟迟不归
母亲连下三道逐客令
烟花从南往北，一路狂奔
七月的烟花一去不回

烟　囱

误以为是母亲的炊烟
我又一次拍手叫好
还好，母亲还在
手擀面，好久不见

高高的烟囱，长长的烟
我不敢走近
左脚迈，右脚
隐隐作痛

母亲啊，我又做了个梦
我在胡同里捕蜻蜓
晚霞似火
像极了炉灶里的火

我已经 108 岁了
一切皆轻
唯有一把贱骨头
换老白干二两

夏 至

我浑身是嘴。蜗牛与黄鹂鸟
早已各自安好
葡萄熟了
梦见的早已与嫦娥无关

月亮弯弯。父亲的镰刀
更弯，背影更长
苦楝子花落了
麻雀早已在麦地里集结

泥牛入海，我更加偏爱
慢条斯理的乌龟
误入荷花池深处的青蛙
前世一定是一个王子

地里的麦子迎合了太阳的金黄
习惯于夜里觅食的，除了前院的刺猬
还有谁
香气扑鼻的，只剩下马虎大妈家的蔷薇

她的样子

猫头鹰栖息的枝丫。她胸前的石头
在熠熠生辉
北斗七星，更像一把外婆舀水的瓢
挂在南墙上

我像一头牛，撞了南墙也不回头
我的膝下有黄金，我的书中有
她的样子
猫躲进了月光里，在青瓦上跳舞

猫头鹰栖息的枝丫，闪闪发光
她的胸前挂着一颗星星
一座小城，藏着一个小小的人
一些尘埃，开着一些小花

一条道，条条道路
通罗马
她的样子，你的样子
灵魂在我的小诗里，隐藏

小满未满

缸里的水，舀出三瓢
指甲花，掐去三朵
母亲把我写好的诗
用铅笔抹去三行

惊讶，张大嘴巴的是我
识字不多的母亲，原本沉默的代言词
再次惊讶，合不上嘴的是我
土里刨食的母亲，原有斧正的本事

节气到了小满，小麦礼让了三分
天气到了小满，冷与暖交替还有几晚
生气到了小满，我拿玫瑰泡茶
月季泡酒，茉莉泡去霉运

香了，满满的一夏
满了，长长的胡同
再香的夏天，也留不住未满的小满
再长的胡同，也等不回出嫁的小姑

大地深处

运往人间的，除了煤
还有爱与暖
薪火相传的，除了纸
还有光与字

把我埋在在地下五百年
风翻开了我写给你
567 年的诗篇
洋洋洒洒一万字

胡同里的白芷，研墨
高家院的黄芪，展纸
葡萄藤，吐绿
琉璃瓦，泛青

瓦来自土，土来自大地深处
藤下有根，根扎在大地深处
爱来爱往，把我埋在大地深处
——埋在春天里

星 空

望云的望云，看水的看水
母亲眺望星空
母亲看不到牛郎与织女
她的儿子是夜空中最亮的星

从日出到日落，从日落到日出
一晃三十年过去了
眺望星空
她懂，流星为什么划破长空

儿大不由娘
大儿子，望云
小儿子，看水
风起云涌，风生水起

母亲如风
匆匆
太匆匆
我们就是那一闪一闪的小星星

处 暑

处暑的号角已经吹响
夜，渐凉
蟋蟀或阳台下或水缸旁
摩拳擦掌

金蝉弹一曲生命的绝唱
点赞金蝉脱壳，哪怕像一种伎俩
搓成丝捻成绳的月光
把故乡的路照亮

从城市里逃跑
从处暑出发
把手搭上，号大地的脉搏
——天苍苍，野茫茫

风一吹，心瓦凉瓦凉
背井离乡的孩子，包括我
今夜，化作阴山下的羊
再嗅青草的香

行走的村庄

诗在远方
诗在比远方还远的地方
高铁就要落户邹城
我要坐上高铁去寻找诗与远方

遥想当年，背井离乡
故乡就像行走的月亮
月亮走，我也走
高家胡同的影子，越拉越长

曾几何时，仰望星空
故乡就像行走的云
云卷云舒，我行我素
炊烟袅袅，乡愁像一杯酒

可现在啊，高铁呼啸而过
故乡就像空巢
离家的孩子，总是回头望
在高高的山岗上

拆迁记

把蛙鸣还给麦田与麦田之间的沟沟壑壑
把牵牛花还给高家胡同
把凌霄花还给语文老师的小窗
把麦芽糖还给没了牙的奶奶

把鸡鸣还给村庄的早晨
把露水还给打碗碗花
把胡同还给少年
把少年还给我

把我还给瘦小的妈妈
我会抹去或喜悦或委屈的泪水
把鱼还给小猫
我想等小猫种鱼的春天

我在等一个日新月异的故乡
我要等乡愁一点一点地散去
走进另一个新天地
那里没有机器的轰鸣

又见村庄

村庄外的仙人掌，路人忘记欣赏
我试着一一收藏
少小离家，足足三十年
我也成了奔四的人

又见村庄，无端欢喜
我仿佛看见——
姥姥在胡同里练习她的"三寸金莲"
二弟一会翻跟头，一会蛤蟆功

又见炊烟，无端烦忧
我又看见——
母亲的手擀面，热气腾腾
院子里，鸡飞狗跳

又见你，村庄已成废墟
胡同外的仙人掌
念念不忘
——胡同里奔跑的榆

一棵草站在风里

多久了，她没有动一下
脸上蒙了一层洁白的面纱
母亲说，她是最美的
最美的新娘

一种奇怪的梦与她纠缠不清
她总是心系乡村
一种奇怪的病让她负重前行
她总是从城市出发

她多么想，像池塘里的蜻蜓一样
点来点去
她多么多么想，像麦穗上的麻雀一样
跳来跳去

像一棵草站在风里
她跳进河里寻找失踪的少年
那个暑假
她从一个支教变成了一块磐石

风吹草动

泉水从山脚下涌出
藏在石缝里
有小草，风一吹它就动
有小鱼逃之夭夭

化作溪水，向唐王湖里汇
沿着护城河
一路向西，汇入白马河，头也不回
向南折入大运河

风一吹，草绿了两岸
有鸟作证
有鸟从微山湖来
有小鱼作证

我从孟子故里来
有诗集作证
有身份证可以证明
风一吹，草就懂

爬山记

在乡下的时候，总是想着爬护驾山
听说，唐王从那里路过
听说，山护驾有功
听说的听说

爬山的爬山
爬上去吧，伸伸手
说不准可以触到天
爬吧，像赴一场约

年少时，像只兔子
东蹿西跳
胡子长长了，却羡慕那只乌龟
赛跑，未必跑得快就能赢

可如今，山就在窗的对面
近了，反而迟迟没有动身
爬山，成了奢望
我天天背着山呢

时间记

太阳离我十万八千里
太阳的光
与我形影不离

西天离我十万八千里
我不取经
我在东土吟诗，看草

时间从指尖溜走
从朱自清的《匆匆》里
匆匆溜走

一千年的秋

从平阳路到东滩路，过两个红绿灯
从东滩路到公园路，停三个三十秒
悬铃木，成千上百株
成千上万个铃铛，等

等了上千年，她站在漆女城遗址旁
朝北望
望了一千零一个秋夜
仿佛马蹄声起

马蹄铁已经展览了上千年
庄稼化作种子
种子长成庄稼
反反复复一千年

索性站成一棵树
每一个铃铛都是招魂术的化身
我在平阳路东滩路公园路
学会了分身术

总会有一个人

总会有一个人在寂寥的亚圣牌坊下
徘徊
总会有一个人穿过步行的青石路
高跟鞋的回响
如啄木鸟寻找春天的虫鸣声

总会有一个人在寂静的漆女城遗址上
彷徨
总会有一个人提及千年之前的女子
鱼化石的样子
如眼泪在琥珀里凝洁

总会有一个人在寂寞的线装书里
冥想
总会有一个人陪着另一个人走下去
墓碑上的红字
如太阳初升的颜色

绿　光

一种思想诞生了
在春天发芽
江南的竹笋在江南的雨后
江北的芦芽在江北的雨前

我喜欢绿，包括伪装的漆
把冬天刷成绿的
我喜欢光，包括茶花的幽
把街道铺成林荫

一道绿光降临了
在春天奔跑
像村东头的榆
像村西头的柳

我喜欢向上望
对天空也是一种敬畏
我喜欢向下看
对大地也是一种谦卑

我会像青草一样呼吸

我会像青草一样呼吸，欢喜
等待新生命的父亲，一会坐一会立
青春的号角已经响起
报喜的鸟儿栖在高家胡同的枣树上

涓涓细流汇入白马河，涌向大运河
北上北京，南下苏杭
抓住春天最后的尾巴
折柳，敬酒，再吹一吹早春的柳哨

送君千里，千里迢迢，迢迢牵牛星
我在有月的夜里望你
牛在田里，牛在犁间，牛郎在人间
我在有你的夜里望月

月光洒满村庄，胡同一片寂静
月光洒满麦田，等风吹过麦浪
等女儿入了梦乡
我会像青草一样呼吸，徜徉

麦田守望者

从清明到谷雨
爷爷不说话，奶奶不说话
守望麦田时的旱烟袋
从天黑吧嗒到天明

从谷雨到立夏
爷爷不回家，奶奶不回家
河沟里的打碗碗花
红了绿，绿了红

从立夏到小满
叔叔想爸爸，姑姑想妈妈
高家胡同的屋檐下
蝴蝶遇见了蜻蜓

从小满到芒种
爷爷忙着摩拳擦掌，奶奶忙着望闻问切
镰刀与磨刀石窃窃私语
喜悦，从大地深处冉冉升起

大美北宿

这是我的小镇，诗歌小镇
我托着诗集，行走，如托着一个钵
这是我的姑娘，月光姑娘
我写着诗歌，漫步，如敲着木鱼

有草香从漆女城飘来
有花香从黄金梨园林飘来
有药香从西外环飘来
有书香从高家胡同飘来

我看见机器人在思索，像个诗人
我看见奇异的瓜果，纷纷上市
我看见风吹麦浪
绿草如茵

——这就是我的家乡，诗歌小镇
老乡在春天里耕种诗行
——这就是我们的小康，大美北宿
一束阳光就是一种力量

山里没有长舌妇

从山里往外走
背后的母亲，直抹眼泪
夜里，风大
山里，寂静

这深山，我呆了十七年
这里，风大
青蛙的舌头，特别长
这么多年，这里不盛产长舌妇

这些年，瓜果蔬菜进城了
大叔大婶大哥大姐也进城了
石头也陆续进城
就连青蛙也跳入了进城的行列

从山中流出的水啊，更加的清澈
尝一尝，有点咸
母亲们的眼泪还在流
开山的汗水还有余渍

母亲的河

母亲砸开冰，水汨汨地冒出
盆，还是那个老式木盆
棒槌已经开裂
冬渐渐隐去冷

母亲习惯性地去抓，却抓了空
——哪里还有衣服可洗
两个儿子，一个在长江东
一个在黄河西

一些往事，河流记不住了
娶了媳妇的，往往忘了娘
"冬天来了，春天不会远的"
——母亲信心满满

母亲又一次朝岸上看
哪个像，哪个不像
飞鸟飞过
影子落在河里，像极了儿时的灰衣裳

生生不息

鱼在空中逡巡
白鸽在反复地划弧
掉队的大雁饥肠辘辘
泅渡，泅渡，湖水起了褶皱

水草在，水鸟也在
荷叶展，荷花也绽
珍珠，从不嫌弃河蚌的壳太硬
蝌蚪，从不感激莲藕的心太软

包裹，越包越紧
包裹，越裹越疼
婴儿在，母亲就在
婴儿在熟睡，母亲在伴睡

生生不息的，除了大自然
还有母爱
而我们总是忽略
——生命是一首赞歌

黎明的太阳

潜移默化的过往，松针往下落
江水往后退
裸露的鹅卵石，一个挨着一个
像野炊后的我们

老黄的吉他，老唐的二胡
月亮从丛林中撤退
月光在江水中抑扬顿挫
她的银项圈，立在水草上

脖子伸得老长老长
她是鹤，总是"鹤立鸡群"
她的过往总是太忧伤
太阳总是眷顾她的好心肠

有风袭来，松针沙沙
有光初透，涛声依旧
黎明来了，我们手牵手
心连着心，太阳把她的脸照得微红

高家胡同的月亮

父亲望月，旱烟袋的火
一明一灭，像爷爷讲的流星雨
逃往乡村，星星与星星私语
屋檐下的燕窝，伸出了三两个圆葡萄

梧桐树的叶，先尖后圆
先小而大，如初一到十五的月亮
父亲的病，先胖后瘦
从春到夏，如经年的风干鸡

胡同，从南往北 99 步
太阳走了 99 步
高家，从北向南 99 户
月亮守了 99 户

月亮走，我也走
胡同已成废墟，父亲继续望月
抖落的星子
聚成一盏长明的灯

父亲的月光

月光被父亲一一捡起
镰刀磨得锃光瓦亮
父亲把月亮藏起来
麦子进了大缸小缸

堂前的燕子去了，不知道
春天会不会再来
胡同的小姑走了，不知道
榆钱会不会再绿

院子里的丝瓜爬上了墙
小小的黄花
像妹妹出嫁时的小喇叭
粉，纷纷落

父亲病了，已经磨不动一把
锈迹斑斑的镰刀
父亲老了，经不起一丝的风吹草动
月光轻轻地铺满了床

春天已回来

母亲的手，裂了口子
手擀面，没了着落
葱，大蒜，姜丝，各就各位
醋坛子已经飘香

耳朵，痒痒的
鼻子，痒痒的
雪人头上的小红帽，痒痒的
天气已经转暖

风筝抖了抖冬至前的尘埃
风车找到了方向
风云开始了轻描淡写
我站在风口，寻找娘的一声呼唤

回来了，炊烟袅袅
回来了，江水潺潺
回来了，故乡像两只碗
空碗朝天

七个春天

把种子从梦中取出
用北斗七星舀白马河里的水
细心地浇灌
七棵苹果树在春天发芽

七个姐姐
在神秘的星空下
说笑，谈论，赞美
春天，从田野出发

鸽子像白色的雪绒花
飘向德令哈
春天从海子的诗歌中醒来
春风又一次度过玉门关

大漠与长河，孤烟与落日
你听，母亲的一声咳嗽
胡杨跟着向东倾斜，白杨向西迎合
从缝隙中钻出的，是春天的一剂良药

父亲的月亮

洁白的墙，把父亲的背影拉长
窗外的月，光透纸背
初夏的夜，仍然微凉
乡下的梧桐树，已经挂不住十五的月亮

弯下腰，去捡地上的白手帕
跺起鞋，去抓床头的白月光
许久不见了
许久不见了，孩他娘

护工老李教父亲叠纸
先是鹤
后是月亮
然后交给快递小哥

一个寄到大运河
一个寄给亚圣牌坊
我在敲木鱼，在月光下行走
母亲依墙而泣

寻找一个字

找一个字，从磨得锃光瓦亮的镰刀旁
从曲背弯腰的麦田里
从高家胡同口的老槐树下
一个字，一个影子在晃

是娘，还是妈，或是一句土语
庄稼活，不用学，母亲趁着月色下地
月光如水，夜有点凉
村庄像打扬的麦场

我与弟，一个在地板车上
一个在废弃的石碾上
迟迟不归的父亲，好比东山头的月亮
那么明，那么亮，那么远

爸，地里的麦子熟了
爸，是什么样的牵绊让你迟迟未归
我与弟，一个五岁，一个七岁
有一个字，无可替代

村庄小记

村东头，她的胳膊真粗
她的日子是红色的
村西头，他的眼睛真亮
他的日子是清澈的

火在她的眼前、脸上、胸前，跳跃
太阳是火的祖先
一下两下三下
她在敲打那块废铁

水在他的眼里、脸上、胸口，流淌
眼泪是水的孩子
一个两个三个
他在敲响那枚月亮

废铁，久炼可以成钢
村东头的姑娘，心中升起火红的太阳
眼泪，偶淌可以润田
村西头的少年，梦里描绘幸福的蓝图

夏日胡同

赵钱孙李，老爷子们不甘示弱
摇蒲扇，喝大碗茶
眯着眼睛望飘落的小花

拉拉东家长，说说西家短
胡同里的婶子大娘
像楝树上的花喜鹊

我在树荫下读书，声声入耳
声声入耳的，还有胡同外的嘲讽
不料，我成了读书的人

我爱夏日长
我爱高家胡同的左邻右舍
再见的，再也见不到的，我爱

我在孟子故里朝圣

那诗人仰起头来，目光
落在桧柏的突起处
像乌龟爬行
像灵蛇出洞

那圣人仰卧起坐，背影
落在碑刻的凹凸处
像月光漫步
像松针耳语

诗人还是那个诗人
多年的清风，满了两袖，满了高家胡同
多年不见的你，还是如花的模样
——你是谁家的姑娘

圣人还是那个圣人
千年的微雨，湿了大地，湿了孟庙的红墙
千年不语的你，千年的浩然正气
——我在孟子故里等你

亚圣牌坊

石头把石头唤醒，木头被木头抱紧
跌倒了，爬起来
石头把石头磕疼，木头被木头抻直
用土敷，用纸写

从牌坊到南关桥，三百五十六步
向南九十九米，小紫的家
从南关桥到牌坊，三百五十六步
向北九十九米，小紫的花

从南向北，苔藓择地而生
我的竹竿，敲不出青石的江南情
从北往南，灰鹤择木而栖
我的墨镜，看不透青荷的仲夏梦

就让映日荷花别样红吧，我的眼里
只有黄河的水
哪怕儿童相见不相识，我的手里
还有故乡的酒

孟庙的树

一个人就是一棵树
一群人就是一片森林
我在森林里行走
呼吸、呼吸、呼吸，像雨后的空气

在孟庙里，围观
一棵树，如洞槐望月
与孟子，谈心
一束光，足以照亮心底的暗

从微山湖衔来的小鱼小虾
落在庙里，没有消失
从银杏树坠落的黄果白果
凭空消失，藤系银杏

绕过亚圣殿，有枸杞寓于桧柏
千百年了，小小的红果兀自红
小小的红灯笼挂在晚风中
有红豆相思成树，有树成纸，成文字

我与孟子有个约会

"得道者多助"，中学就懂的道理
中年时才彻悟
先生知我愚钝
院子里的篱笆，改成厚厚的土坯墙

我无法像父亲一样，俯身
成为一个泥瓦匠
父亲无法像孟子一样，游历四方
成为一代大儒

怀抱他的学说，怀揣他的思想
及温度，在高处讲
在低处说
更底处——嘶吼

哪怕嘶哑，哪怕冷眉，哪怕暗箭
与孟子的约会
我都会前往
今生，做一个守信的人

本土作家

在地图上，也不过巴掌大
R 城与 Z 城，谁的月亮，何尝不是李白的月光
在风俗上，也不过七上八下
一杯茶，一杯酒，西出阳关无故人，西出运河有乔羽

风吹稻花，风吹麦浪
风吹书屋，风吹胡同
风吹井底之蛙
风啊，你从哪个地方吹来

哎呀呀，你是说胡同里的风太小
书屋里的风太闷
哎哟喂，你是说麦芒，如芒在背
你是说稻香，说说丰年

用文字辛勤耕耘，如我
一个本土作家，土得掉渣
我用残缺的灵魂，托起
最后一只井底的青蛙

荷花好看

绿荷，绿绿的好看
红莲，红红的好看

荷上的青蛙，绿绿的好看
湖底的红果，红红的好看

有蜻蜓，轻灵穿梭
有鱼儿，鱼戏东西

我站在桥上，看——她比花好看
不，等深秋，挖藕——白白的好看

雨只是落着

再多的情话，憋在心里
雨只是落着
阿多尼斯欠我一个拥抱
泉城的街道，兀自空成了跑道

春城的花，更加鲜艳
雪山上的，除了雪，还有什么
简明说，还有等待的风
我在阅读，《朴素》与《手工》

雪只是飘过
雪是倔强的雨
像 2001 年倔强的你
你，不是最后一个过客

不是阿多尼斯，不是米沃什
我在阅读，普希金的《致大海》
我在泉城广场，朗诵莱蒙托夫的《帆》
雨只是落着，我把对你的爱——化作大地上的河

盛夏的绿

盛夏，太阳的光，耀眼
走，我们去红荷湿地
钻进荷花深处
寻找一丝丝——凉——凉凉

我听到，蝌蚪喊妈妈
水底的呆头虾，一动不动
藕，一节一节地挣扎
有的七个孔，有的九个孔

母亲常说胡同口的拉拉秧大婶
一会儿山药，一会儿藕
把荷叶翻过来，像一把绿色的伞
再大的雨，也灭不了母亲举起的火把

荷花，红色的木船，穿梭
远处的微山岛，仿佛就在眼前
从心底涌上来的自豪感
——绿意盎然

献给黑塞的颂歌

最后一位骑士，我是指浪漫的诗歌
人生，孤独；你和我
灵魂迈着轻盈的舞步
触痛了月亮，最后一个

菩提树和栗子树，把手言欢
何须穿越
我们坐在树荫里，怀抱《玻璃球游戏》
怀抱橄榄枝

音乐，绘画，却是与我如此的臭味相投
漂泊，孤独，却也与我这样的伯仲不分
来一段轻音乐吧，闭上双眼
一股清泉，从我的心田默默地流过

隐居在闹市里，或许"大隐隐于市"
黑塞跑到了高家胡同
看我像一朵孤独的流云
在光天化日之下，骑着一匹白马

与海子谈谈九盏灯

河对岸的村庄，次第亮了九盏灯
高家胡同里，只有我的书房黑漆漆一片
母亲拉着风箱，风呼呼地响
父亲呼呼大睡，火苗蹿出了灶台

海子称为的失恋之夜
我把她赠我的小说，掖在枣木柜的花袄里
我把她的名字锁在日记本里，我把那三个字
拆开——写

于是，我写了九盏灯
遇见了九尾狐，连灭了九盏灯
母亲笑话我，白天里做大梦
口水，从嘴角往下淌

海子选择了黑铁
母亲拧亮了灯，我看见了青铜之光
白银，白狐，白月光
九只铁公鸡，一毛不拔

大　暑

大雨过后，知了猴
突突地，往外冒
蒲扇，铲，手电筒
音乐，我选择十面埋伏

手下留情吧，明天大暑
明天正午，我想听蝉的高歌
风，热风
扇，扇子拿在手中

习惯了，在胡同里听故事
——书生与狐狸精
我已经修炼成了颇有爱心的一介书生
而她迟迟没有变成人行

莫怪，知了猴
莫怪，手电筒
在这个全城热恋的季节中
放下铲，放了蝉，打开天空之窗吧

夏声嘹亮

雨打芭蕉
雨打梧桐
雨打田黄的石头
层层的纱雾如浅浅的乡愁

你听，蛙叫
你听，荷塘深处
你听，水桶在井里跳舞的声音
薄薄的月色如久酿的米酒

醉了高歌的蝉
醉了高家胡同的杨柳
醉了村外的红高粱
醉了，继续高歌

就连墙上的画，画上的画眉
跟着鸟鸣
就连地下的泉，泉下的土
比着嘹亮

我的胡同是一束火花（长诗）

一

1978
1980
究竟是马年猴月
还是猴年马月

究竟我出生在哪一年
问问老爸，老爸已经言语不清
问问老妈，老妈说，我是一匹骏马
哈哈，原来我是一匹来自北方的马

哟哟，吃草的
吃草，会不会"嘴下留情"
我知道，有时候也要学会"刀下留人"
——得饶人处且饶人

马命，却要做神猴要做的事
马，困于胡同

把云望成了筋斗云
把笔当成了金箍棒

二

1981
我的 1981
姑姑抱着我，在胡同里频频亮相
小小的手里紧紧抓着一支长长的铅笔

眉飞色舞，我的小姑在胡同里是一枝花
马虎大妈常说，"庄稼一枝花，全靠粪当家"
后来，一朵鲜花终于插在了牛粪上
小姑，远嫁他乡

幸亏疼我的人，还有奶奶
还有马虎大妈
一明一暗
我是有人疼的人

从此，我的心里藏了一个人
藏了许久，直到遇见了阿紫
母亲说，我有一个姐姐

爷爷重男轻女，不让异姓的娃进高家的门

三

1982
开一瓶 82 年的"咖啡"
奶奶耳背，听成了咖啡
奶奶喜欢喝茶，叶子年年发新芽

我喜欢寂静，更喜欢糖
我喜欢太阳，胜过漫长的冬夜
我喜欢远亲，远亲不如近邻
邻家的姐姐，奖了一个吻

三嫂家的西厢房北，有一根柱子
那时候有泥巴
那时候柱子漆黑，却不是漆
我在屋后面捉蛐蛐

一只钻进了牛角尖
一只跳上了窗户框
一根线奋拉下来
一拽，麻倒了我

四

1983
母亲把我关进了院，栅栏做门，透着风
那一次，我死里逃生
奶奶拉了一年的风箱，忐忑不安

幸亏那时候电压低，电灯时常发红
我从悬崖边跑了回来，父亲用胡子渣扎我
他手里的柳条，扔进了羊圈
他手里的柳条，曾经抽得毛驴嗷嗷叫

姑姑从婆婆家跑来，抱着我大哭
——女人的眼泪是指甲花上的水做的
姐姐从邻居家奔来，举起我大笑
——女子的欢喜是窗花花的红染成的

我的命大，眉宇之间添了一个红痣
我的心野，胸口之上多了一个黑痣
于是，我左手写红字
右手写黑字

五

1984
4 岁有余
外公教我写大字
十里八村，他在外柜"抱大笔"

外公的酒瓶，藏在黑黑的柜里
以至于外婆找不到
以至于外婆找不到
我也藏在黑黑的柜里

等半个月亮从枣树上爬下来
等满天的星星
落进母亲的池塘里
我揉着惺忪的双眼，径直走到外婆的床前

她有一双漂亮的"三寸金莲"
藏青色的裹脚布
放脚，外婆每晚的必修课
偷看，我儿时的选修课

六

1985
我有一双牛眼
白芷夸我的眼珠子瞪得大如铃铛
防风一溜烟地跑了

我、白芷、防风
高家胡同里的"三剑客"
鬼针草是我们的"小李飞刀"
防风偷喝了夏四爷爷的"老白干"

学李寻欢，学令狐冲，学乔峰
醉了醉了
原来他是一只偷油喝的"小耗子"
白芷如一只酒醉的蝴蝶，在胡同里飞

我在练习，慢慢练习
怎样"例不虚发"
夏四爷爷手持扫把，追
"飞刀"满了他的后背

七

1986
秋风扫落叶
夏四爷爷一病不起
院子里的枣树，落光了

我在胡同里串杨叶
黄的，如夏四奶奶的耳环镀了金
夏四奶奶抱着小孙子
夏四爷爷只有往外出的气了

这个深秋，深啊
这个深秋，我怕鬼
——夏四爷爷走了
带走了七棵鬼针草

我的弟弟已经三岁
奶奶已经不疼我了
我的堂弟刚刚满月
高家，悄悄地开枝散叶

八

1987
民间不懂七夕
确切地说，村庄不懂七夕
村子在东，庄子在西

把自己藏在村子，躲在乡下
好比隐居的大师
我的童年没有诗歌
注定我的诗人之路

朴实的民风
朴素的乡亲
普通的话
普普通通的窟窿

星星把天空钻了无数的窟窿
忧伤便漏了下来
大豆把大地抓了遍体的鳞伤
蝴蝶便飞了出来

九

1988
丝瓜开花
淡淡的黄黄的小花
丝丝缕缕的清香，丝丝入扣的小情话

这一年，我决定了去"陪夜"
这一年，她年方二八
整个夏天，我都忐忑不安
尽管，我刚刚9岁

我是她"钦点的"
"娘哩！"我也做了一回"钦差大臣"
畏畏缩缩，缩成一只猫
我在她的那头

那时候，乡下的床少
男人出了差
陪夜的我们，成了小男人
不怕深夜的鬼，半夜的魂

十

1989
我陪了三夜，然后偷喝了夏四奶奶的绿豆酒
黄芪，半个月，用皂角洗了一周的汗衫
防风，三个月，喊了三年的奶奶

1989
夏四奶奶刨了两棵树
一棵是枣树
还有一棵还是枣树

我看见了鲁迅先生在笑
我看见了萧红女士在笑
我看了看高家胡同的马虎大妈
——仿佛也在笑

绿豆酒，酸酸的，母亲说，那是一碗隔夜的汤
薄汗衫，酸酸的，黄芪说，肥皂掉井里了
防风说，肥皂掉茅厕了
捂着嘴——笑

十一

1990
我讨厌酒胜过讨厌花大姐
看蚂蚁上树
听胡同里的风呼啸而去

1990
小学三年级
语文课本，我翻卷了页
我捡了一片金黄的槐叶，夹在中间

小心翼翼，那么地轻轻
那么地郑重其事
——许了愿
尽管，我的心愿又打了水漂

花大姐，无拘无束地展翅低飞
哪怕下一秒变成了琥珀
我在臭椿树旁，细细地观察
下一个出现的可是"观音菩萨"

十二

1991
善恶系于一念
我用万亩的西瓜皮，起誓
祭祀

最初的北坡
有荒地
有沼泽
有塌陷坑

更有带字的碑
无人认的骷髅
还有蛇脱下的外衣
还有鸟蛋

我在水边走，差点丢了命
捡起的木匣子
放回了原地
——"死神"放了我一马

十三

1992
奶奶说我命大
幸亏不是命硬
我从小不信邪，不浮夸

我见过云的尾巴
雨的脚
我见过老村长怀里的胖娃娃
丑得像鱼，却不是"娃娃鱼"

3岁时抓电，留下了"把柄"
从此，我怕电
甚至电线
或者沉默的电话

12岁时落水，差一点掉进水里的水井里
从那，我怕水
有时，也怕地沟油
有时，更怕女人水汪汪的大眼睛

十四

1993
掉进去，往往拔不出
我是说沼泽
茂密，到处都是绿

就连老村主任的坟头
远望，颇像绿盖头
放羊的他，往那一躺
像顶了一顶锅大的帽子

绿绿的，像小脚女人披的披巾
若夏四奶奶枕的枕巾
如夏三奶奶盖的棺盖
绿绿的，像狼的眼睛在发光

更多的蝌蚪，还在途中
更多的青蛙，跃跃欲试
蝌蚪终究变成青蛙
其中一只坐在井中，观天

十五

1994
胡同里发生了一些事
磨香油的驴，喘着粗气
飞上香椿树上的芦花鸡，躲过了一劫

黄鼠狼总是喜欢给鸡拜年
——乐此不疲
陪夜的发小总是惦记着翠花阿姨
——乐不思蜀

防风举着烧火棍，夏四奶奶瞪着绿豆小眼
驴嗷嗷的叫，烧火棍一分两半
空气中，弥漫了香油的香味
白芝麻炒成了黑芝麻

曾经也想子承父业——做一个
安分守己的卖油翁
曾经也懂雪中送炭——续一个
感恩戴德的卖炭翁

十六

1995
如愿以偿，我考上了"南中"
知道了"马下徐州"
四个名扬四海的语文老师

马，讲课，快马加鞭
夏，背书，如火如荼
徐，下课，清风徐来
周，作业，书包塞满

马儿病了，教我的课，足足半年
下课的下课，听蝉的听蝉
她的胳膊真白
我的情窦初开

我的情窦初开
春风不度玉门关
我的大漠，我的炊烟
海市蜃楼，幻灭了我的初梦

十七

1996
晨曦，早起
操场中，晨跑
遇见她，还是邂逅
指引我的，难道是她

细细打听，娓娓道来
吴老师没有说
胡校长没有说
代课张没有说

捂着嘴笑的，在操场之外
挤眉弄眼的，在教室之外
划三八线的，在三尺之内
风大闪掉的，有三寸之长

哼，她有什么好
嘿，她笑起来真好看
啊，父亲扬起了羊鞭
哎，校长说漏了嘴

十八

1997
我留了一级
我为爱情留了一级
我为我的爱或许虚拟的她，留了一级

我的 1997，我的 1997
我们爬上了岗山，铁山之北
一些字刻在石头上
一些人拓了一些字

我的 1997，我的紫衣女子
我的 1997，我的粉红色的回忆
我忘了告诉你——她的名字
我忘了把她说给你听

早生华发，伤别离
我的 1997，春天里
我像樱桃一样
抛射到千里之外

十九

1998
生根，发芽
埋在心底，无法自拔
从一个乡村转移到陌生的城市

从一个省到另一个省
从鲁到徽
一个鲁迅
一个林徽因

文字，往下生根
往上展翅，高飞
我在异乡为异客
踮起脚尖，在新安江边，望故乡的那轮明月

蹲在江边，一打黄玫瑰
一字摆
秋日落入秋水
伊人在何方

二十

1999
永远是多久
抓电的童年，提醒我
胡同是一束火花

远行的经历，一再证实
故乡是一束火花
在地头上，蹲久了
眼里的姑娘，也是一束火花

围绕鹅掌楸树的，是小小的火花
是小小的灯笼
是你爱过的萤火虫
或是许愿后迟迟不来的流星

故居的桂花树，等不回远行的郁达夫
老宅的高家胡同，牵绊着我，一步三回头
富春江的水，一去不回
一去不回的，还有错失的吾爱

二十一

2000
万事万物，化整为零
从未想过做一个地下诗人
从未想过为胡同写作

没有想过的，坚持着
没有做过的，卧下去
从一匹卧槽的马做起
试着"卧薪尝胆"

十年磨一剑，厚积而薄发
不是所有的人，都成诗人
人人却可成尧舜
不是所有的读者，都是听众

我用 20 年的时光，磨一把（或是一支笔）
我用耳，听八方
我用心，洗故乡的河
一条借母溪，一条白马河

二十二

2001
掐指一算，二十有一
从此有妻
从此含辛茹苦

苦从何来
无知
无能
无力

吃苦的年纪，终究学会吃苦
孟子的话，颇有道理
苦其心志，劳其筋骨，饿其体肤，空乏其身
我在等天降大任

我在等
我在高家胡同等
一束火花
跳跃在孟子故里

二十三

2002
夏季如此漫长，我在记日记
翻开青春的账本
深浅不一

唯独对她，还有歉意
我说爱，她躲避
我说不，她另寻欢喜
女孩的心思，终究猜不透

一次沉默，或许是有罪的开始
一个黄昏，她钻进了黑色轿车
植物也有韵律，夏蝉高歌
秋蝉唱挽歌

秋梨即将上市
灵魂已经过滤
正义岂能扭曲
你好！再见！谢谢你

二十四

2003
不孝有三的古训，压倒多少好汉
胡同里的二叔醉了没有
傲娇的拉拉秧大婶醉了没有

记忆犹新的，我躲在外公的酒柜里
外公躲在离地三尺的玻璃柜里
二叔逮了一只三条腿的青蛙
众人围欢，哈哈大笑

夜奔的筝姐，夜夜夜奔
我从窗缝里看她长发飘飘的样子
拉拉秧大婶说，遇见了鬼
见鬼了，东家西家，疯传

筝姐，能生
生了两个娃
一个姓赵
一个姓钱

二十五

2004
我看见一只母鸡飞上了屋脊
公鸡在院子里，缚住了腿脚
你猜，接下来发生的事

女主第一次钻进了"棒子棵"
齐腰的草
齐腰的长发
纠结，纠缠；纠缠，纠结

交给了镰刀
磨刀石在胡同里，偷着乐呢
渴了，喝水
和眼泪

没听娘的话
汗水泪水茶水，顺着沟沟壑壑流
选择爱的
爱，选择的

二十六

2005
以前，你是单身狗
没有人会拉扯
自由像风

我举着狗尾巴草
招摇
油瓶倒了
我跑过去，扶正

二叔家的狼狗，看起来很凶
它舔我的手
目光温柔，刹那间的事
我的手里还有三根火腿肠

举起它，胜过举起一块布
有斗牛的红
青蛙的绿
白开水的白

二十七

2006
我的未来不是梦
我仍然相信
因为我经常做梦

梦里的她，泡了一杯红茶
我的胃不好
忌辛辣
忌她最爱的酒

梦，终究会醒
茶，终究会凉
胃，还是不喜辣
她，终究还是一束火花

天空是最大的信
我用白云来分行
太阳是冒号，月亮是问号
偶尔栖息的飞鸟，哪只是心的字

二十八

2007
她的到来，我没有准备好
是来索债
还是来还情

小小的小丫头，笑了
我的手还不够温柔
我的脸还不够圆润
——还有棱有角

笑了，哭了
哭了，笑了
小小的小手抓起一支圆圆的铅笔
似乎还要去抓带色的纸

世上的美好莫过于此
新生命让世界更加美妙
轻轻的，额头上一个吻
春天不再姗姗来迟

二十九

2008，时年28
东墙已经白中带花
南墙挂满丝瓜
不是诗人太懒，而是雨水频繁光临今夏

豆角个个精神抖擞，三尺三长
最长的如小青姑娘
棉花也不甘示弱，如云
我记得白素贞还在西湖的断桥上

我的书房，六尺六宽，七尺七长
有书，一千册
有笔，九十九支
有椅一把，有桌一张

有个姑娘，她姓张
有个后生，他也姓章
张小姐，遇见了章黄金的侄
只剩下姐姐的一声叹息

三十

2009，忘了回乡的路
白色轿车钻进了雾的海洋
从此，他，无声无息
从此，他，一别经年

爷爷在北坡放羊
奶奶在北湖摘莲蓬
然后在地下汇合
地下流着名叫"忘川"的河

他，成了卧底，我们看的电视剧太多
他，退却幕后，年纪那么轻
他，变成了羊，遇上了狼
还是，他成了狼，成了羊的"俘虏"

适者生存，我们活着
好好地活着
说着，母亲落了泪
妻擦她的，女儿擦妻的

三十一

2010
难熬的是夏，苦夏
难过的是她，苦命的她
一把苦艾草，一棵苦楝树

扫帚，扫胡同
一屋不扫，咱扫胡同
那时候没有二维码
那时候我们低头，没有玩手机的命

我没那个命，我还是那条
从春天慢慢而来的"书虫"
我想抓，却抓不住
窗外的蝴蝶

一屋再扫，扫不出乾坤
一屋三扫，扫不出天地
母亲又说，一屋不扫，何以扫天下
所以，我的小屋凌乱不堪

三十二

2011
的春天，杨柳依依
我躲在十平方的屋里，画画眉
夜深人静时，学犬吠

家乡的小鸡，学打鸣
小溪里的小蝌蚪，准备回家
村庄的路，年年修
玉米地里的小麦，年年拔高

不远处的坟，绿了
不远处的芦苇，正在思考人生
早已没有乌鸦了
早已没有虫鸣

天空，早已不空
我举着 2001 年的旧报纸
——喊你的名字
爷爷在地下已经习以为常

三十三

2012
大雨即将落下
三十而立的幌子，让我无处安放
灵魂即将淋湿

妻，站在高家胡同口
妻，望火车开来的方向
妻的眼里饱含着泪水
——因为她爱这片土地

浪子回头金不换，我不是浪子
我在村庄行走，举着钵
异样的眼光，投来
身上，也会痒

我的它，也会痒
与墙磨
与树磨
与岁月磨

三十四

2013
我抱她，她跑
我唱歌，她跳舞
我再抱，她又跑

7岁了，仿佛懂了太多
7岁嘛，还是个娃
7岁喽，知道好歹
7岁呢，我心有愧

有一段时光，我好像忘了
有一种失忆，无法找回
有回味，像牛慢慢反刍
有一种爱，恩重如山

2013，我已三十三
逃是逃不掉的
女儿，7岁
我唱歌，她也跟着哼

三十五

2014
毛毛是我家的狗
送给舅的
那个夏天，那个夜

救了他一命
舅说时，眼角挤出了泪
母亲跟着抹眼睛
我说，阿舅，茶凉了

我把酒又倒满了
他拨了花生米，给
……我说，不用
皮皮的碗响了

皮皮是毛毛的"侄子"
母亲喜狗
因为狗不嫌家贫
皮皮是我捡来的

三十六

2015
儿不嫌母丑
夏四奶奶，胡同里的第五户
夏枯草，她最疼爱的女儿

出嫁后，再也没有回门
改名为夏威夷
后得乳腺增生
若干年后，空空洞洞

母爱，更是永恒的火花
母亲，守着高家胡同
更多的母亲，守着胡同
更多的夏枯草，可冶乳腺增生

我上山去采，唤醒山
我拿水来熬，唤醒夏枯草
通乳，通母，通爱
通天下

三十七

2016
声名远播的小脚女人，更加远播
声名狼藉的拉拉秧大婶，更加臭名昭著
九月，十月，我的选择，你懂的

有左邻，从集市捎鱼回村
有右舍，从娘家摘桃而归
月月流口水
月月朝着高家胡同，小跑

月月口吃，像小时候的我
月月看见我，朝我奔来
当我伸开双手，月月不见了
当我放下架子，星星出现了

小脚女人，多了一个养女
拉拉秧的肚子如许久不吸血的母蚊子
找不到落脚点
我四处碰壁

三十八

2017
幻想着做个纤夫
在白马河上，晃悠悠
退一步，做个水手，畅游五湖四海

叶子绿，总是顶着蓝色印花枕巾
在村东头，时而破口大骂，时而目光呆滞
再好的草，也等不回撒欢的马
再好的马，也不吃回头草

我在古街中心模拟飞机怎样起飞
再逼真的模型，也不会起飞
再仿古的建筑，也只是模仿
再小心的抄袭，终会揭穿

我在孟子故里朝圣
我借奶奶家的水瓢，在月光下敲
我的姐姐坐在那里
我把叶子红叶子绿叶子黄，当成了姐姐

三十九

2018
其实，姐姐也是一束火花
其实啊，嫁出去的女人，并非
泼出去的水

幸好，母亲没有重男轻女
我有一个姐姐
幸好，妻子没有重男轻女
我有一个女儿

如果你没有读过《我从孟子故里来》
那是你的遗憾
如果你还不知道《左手孟子右手梦》
那是你的短浅

过去，已经入了《孟里梦外》
梦里梦外，别具一格
现在，有了《高家胡同》
胡同内外，皆大欢喜

四十

2019
我环顾，包括未知的岁月
2019
我的心，我的爱，我的灵魂，等你检阅

从三十而立到四十不惑
我环顾，包括远去的日子
但愿五十而知天命
我的太阳，我的月亮，我的星星，等你热爱

请记住我的名字
我已没有名字
——高——发——奎
几百年后，你喊，你猜，我会不会答应

请记住我的城市
它在日记中写下我的忠诚
朝圣，一颗心
趋于平静

四十一

2020
早已没有人吹笛子，蛛网
给明媚的春天抹灰
更多的洁白，还给云朵

回到高家胡同，我继续望云
每天的，每时每刻，云在酝酿它的心事
我端起一瓢水，以水代酒
敬父老乡亲，地也不老，天也不慌

离开家乡的，总想衣锦还乡
哪怕最后，落叶归根
回来了，就不想走了
入土了，想走也走掉

我，生于孟子故里
必将卒于孟子故里
尽管活了108年
尽管我爱这故乡的云

四十二

2021，是的
诗歌，我拿来……拯救
或者，我拿来……炫耀
——女神冲我笑

2021，是吗
名声，我拿什么交换
比如青春
比如爱情

2021，你为什么发笑
是的，读诗的人少了
我们过于浮躁
我们急于静一静

2021，诗醒了
我们睁大了眼睛
我看见——高家胡同
火花，一闪一闪

第三辑

星星知我心

高家胡同的星星

一

莱蒙托夫说，相信吧，这里平庸就是人世的洪福
莱蒙托夫没有说，高家胡同里住着一个平凡的诗人
星星与星星正在低声地倾谈
诗人与诗人的心是相通的

高家胡同，小而矮
住了七户人家
一户家里磨香油，有一头笨拙的驴
一户家里养了头母牛，天天磨着时光，既无欲又无求

还有一户院里活着一棵皂荚树，白芷与白芨围着它转圈圈
这些小人物小动物小植物，以后会跳进我的诗歌里
一些小时光小日子小惊喜，也会跑进我的诗歌里
它们他们她们会从我的诗歌里闯入我的生活里

从北往南
枣树，苦楝树，石榴树，楸树

从南向北
楸树，石榴树，苦楝树，枣树

枣树，数她家的最大
枣子，数她家的最甜
我站在树下
数星星

青的时候，用小石子投上去，投上去
幸运的话
投下一两枚枣子
一枚、两枚

我在等第三枚
落下来
星星落下来
我捡到了星星

二

马虎大妈是一颗幸运的星星
偶尔投不下来
她会拿起一根长长的竹竿

照着果实稠密的那片，用力打下去

弯腰
捡起来
衣袖擦了擦
她知道我喜欢干净

她知道我喜欢笑
她笑
她笑
我也笑

两棵枣树
一棵，年年花开满树
一棵，也开花，却不结果
——"谎花"

三

特拉克尔说，夜的寂静多么美丽
蓝色的平原上，我们邂逅
——牧人和苍白的星星
我是一个影子

我喜欢高家胡同的寂静
静悄悄地
趴在臭椿树上的花大姐
静静地等候

琥珀色的泪珠滴下
滴在琥珀色的突起上
形成更大的突起
——更大的星星

它的翅膀展不开了
飞不了了
沉默不是金
雄辩可是银

枣树落叶
时而落在大伯的石屋顶上
时而落在驴背上
时而落在猪圈的石槽里，时而落在楝子树上

落在奶奶拉过的风箱上

或者落在母亲缝补过的箩筐上
……落在小轩窗
……落在高家胡同

落在我的手掌
落在我的额头
落在我的鼻尖
落在我的嘴角

落吧，落吧，落像小溪里的
小青鱼迷失了方向
落吧，落吧，落像我的梦里的
的白衣天使

我喜欢看叶落的样子
我喜欢望云游的样子
我喜欢高家胡同的样子
我喜欢旧时光

四

我喜欢特·拉克尔喜欢的蓝蓝的天空
蓝蓝的夜

我喜欢叶赛宁的稠李树
芳香四溢

黄昏
紧皱起黑色的眉毛
母亲
——她喜欢火烧云

矮墙上
望云
有星星落下来
有星星流落民间

看火怎么把云烧成火圈
看白马怎么钻进钻出
看火怎么给云镶个金边
看云怎么识天气

父亲与浪漫
没有半毛钱的关系
面朝黄土背朝天
他只知道一分耕耘一分收获。

沉思
沉默
沉迷
沉醉

梦想就是做一个好木匠
帮姐姐打一副好嫁妆
我的
姐姐出嫁了

从一个胡同走进另一个胡同
从一个姓跟进另一个姓
嫁鸡随鸡
嫁狗随狗

甘心情愿地跟着
就是好生活
就算寂寞地生活
也是一种好日子

五

辛波斯卡说过
我曾这样寂寞生活
在黄昏
我们点起灯

胡同的第六户人家
院子颇大
大门外
种了几丛竹

颇大的院子里
住着两个老女人
一个瘦，皮包骨
一个黑，如朱漆剥落后的后窗

白芷说她像木乃伊
我喜欢循规蹈矩
从不妄言
我是恭敬的

高家胡同
论笨拙，首屈一指
我喜欢思考
我思故我在

我喜欢问问题
没人回答
没人喝彩
各有各的痴心妄想

癞蛤蟆想吃天鹅肉，
胡同外的小青，她是美女蛇
白蛇去西湖了
青蛇在塌陷坑找到了栖息地

有白鲢鱼
有乌龟
有红尾鸡
有青蛙

鲁迅先生踢过鬼
蒲松龄先生写过鬼

我的心中有鬼
你的呢

星星落下来
落在高家胡同
诗人醒过来
写下——这里，住着一个诗人

星星知我心

星星仍旧闪烁，无论远去
还是栖息在牧师的十字架上
前世是寒鸦，被众神斥为不祥
飘忽不定的眼神，注定在墙头上飘摇

今生是远方的跋涉者，孑然一身
星星知我心
弱光，总会照亮前方
冷箭，总是从背后袭来

啊的一声，鼓掌的，成了看客
砉的一声，落井者，做了刺客
我举起残损的手掌
一块石头，既垫脚，又绊脚

诗神从未嫌贫爱富
每一个诗人都是星星的化身
虔诚的，总是施主
磕再多的头，也换不回执念，群星璀璨

诗　人

普通人，疯子
究竟如何选择
随波逐流，或者紧紧抓住逆流而上的圆木

我们是一面墙，把灰尘挡在爱情的窗外
或者我们的头颅
充当了灰尘的枕头

角色互换
再狠的角色，也会被尘土深埋
离地三尺有三

有种子做了逃兵，成为鸟的午餐
有墓志铭，有名字，被风吹了千年
大地成了最后的诗人

中了故乡的毒

眼睛痛
我把这个秘密告诉了小脚女人
高家胡同往东拐，拐进了阿发胡同
往西挪，挪入了奎屯胡同

胡同里有三棵楝子树，开紫色的小花
阿妹说，它像小星星
阿姐说，它像紫蝴蝶
阿妈说，它像灶底的柴火，紫色的火

紫色的东西，往往有毒
遇见她，常常做紫色的梦
梦，有时也有毒
我的眼睛，常常隐隐作痛

小脚女人说，我中了故乡的毒
——迟迟不肯动身
那年，阿妹还小，阿姐还未出嫁
我想守着胡同，宁愿相信——天，只有巴掌大

洗耳朵

洗耳恭听之前，我要洗洗耳朵
马虎大妈的委屈，只有我愿意听
一个儿子跳进了塌陷坑
救了一个小腹如鼓的女子

一个儿子在城市里捡塑料瓶
扔给了克死男人的浮萍
这个，我懵懵懂懂
偷偷猫一眼嫂子喂养的流浪猫

我要洗洗眼睛
洗洗心
洗洗灵魂
从大染缸里捞出来，晒晒太阳

洗洗耳朵吧
一些茧子，容易根深蒂固
一些恶习，容易悄然而至
我在茉莉花上打坐，倾听蜻蜓的私语

偷学记

朽木，立在胡同第四家
他们说，不可雕了
我立誓做一个木匠
有星星的夜里，偷学"绝技"

父亲，吧嗒着旱烟
火，忽明忽灭
星星在夜里，也会眨眼睛
看久了，父亲像村北头的"土地爷"

送子观音，在庙之外
或瘪或鼓
女人的肚子，始终没有起色
我刻了木猴，偷学七十二变

李广教我百步穿杨
在梦里，星星照耀前行的人
踽踽独行
这一次，我没有如愿以偿

影子记

鱼在水里往往成了呆子
戒尺把我的手，攥得发红
伸手去抓
激起一朵玫瑰花

鸟在笼里往往成了木偶
线一拉一放，风筝飞得
更高，更远
我的手多了一道痕

风在风口
浪在浪尖
风是浪的影子
浪是风的样子

星星是太空的棋子
甚至每走一步，都要经过百年的沉思
诗歌是星星的影子
哪怕每写一行，都要进行千锤百炼的叩问

石头记

石头与石头交头接耳
鸭子扎了个猛子
我在岸上眺望
——落水的，永远只是幌子

水草与水草兀自静默
落下的石头，惊不起太大的波浪
落井下石
旁观的未必清

母亲常常捡拾胡同里的小石子
她是担心 3 岁的弟，7 岁的我
小脚的外婆，拐杖
敲得梆梆响

父亲把石头抱起来，像抱一头猪
垒成猪圈
我在圈外读书
一枚星子落了下来

陨落记

是的，星星来自太空
砸一个坑
砸一个坑
星星来自太空，嗯

美丽的姑娘，来自运河之都
摘一颗星
摘一颗星
姑娘的脸与晚霞，哪个更红

我不懂，星星为什么陨落
我不明，姑娘为什么热情
星星陨落，因为大地的热情
姑娘热情，因为星星的出轨

问问对土地爱得深沉的诗人
问问捉摸不透的风
我站在她的山丘上
湖面落满了小星星

解　毒

用棉花塞住耳朵，我看见白云的赞美
用手帕蒙上眼睛，我听见姑姑的忧伤
姑姑，请原谅我的不辞而别
我中了紫色的毒

谷，一定是情人谷
墓，一定在终南山下
姑姑，请原谅我的黯然销魂掌
我中了世俗的毒

江湖，一剑，一刀
行走，一式，一招
我借玄参三两
麦冬三钱，大火熬，小火慢煮

十六年，我解了虚火上浮的毒
十六年，我一片云一片云地寻找
姑姑，青山不改，绿水长流
我还是那个过儿

解　密

拉拉秧大婶戳了戳
脊梁骨
爷爷低着头
低着头走了十九年

十九年，走下坡路
低着头，数胡同里的羊脂球
领头羊总是身先士卒
火圈也往里钻

圈外有墙，墙外有杨树叶
一响，一望，望云
再响，再望，望山
又响，又望，望水

云化身为雨
雨解密为山
山不转水转
水在爷爷的墓前化作一条河

解　忧

雌鸟呢？雄鸟展翅高飞
900 年的桧柏，绿了灰，灰了绿
她说孟庙有你
600 年的银杏，有藤缠绕，孟庙有你

有没有一个人，千杯不醉
一曲芭蕾推开一扇门
门后
是不是你——春天的女神

天大的冤屈，白云化为状纸
天大的烦忧，白鹤代为执笔
亲爱的，400 岁的流苏化作六月雪
亲爱的，100 岁的佩剑化作君子兰

有没有一种酒，见血封喉
一只乌鸦
解忧
异乡的晚秋——落叶归根

我以爱情的名义赞美窗子

我以种子的名义赞美春天
藏在土壤里
无论富饶还是贫瘠
春天让我萌生了一种突破的思想

我以小鸟的名义赞美天空
躲在云影下
无论翱翔还是滑翔
天空让我洞开了一种向上的理想

我以风筝的名义赞美风
越过万水千山
无论挣脱还是牵绊
风让我滋生了一种不屈不挠的力量

我以爱情的名义赞美窗子
也许千转百回
无论样子还是影子
窗子让我拥有了一种始终如一的信仰

灰烬说

最后的灰烬，最轻的废墟
经不起风吹
雨打，雨打芭蕉，芭蕉更绿
雨打樱桃，樱桃更红

雨打废墟，有种子裸出
雨打灰烬，有灵魂摆渡
雨打狮身人面像，有沙粒滚落
雨打珠穆朗玛峰，有雪崩爆发

遇暖，便融，太阳高高在上
遇坡，便流，河水深不可测
摸着石头过河，心存感激
过了河拆桥的，心有余悸

再大的石头，也惧怕火
真金不怕火炼
再牢固的桥，也怕火药
尘归尘，土归土

位置说

食指与拇指之间，有烟雾缭绕
父亲喜欢抽卷烟
厨房与书房之间，有雾气迷蒙
母亲喜欢蒸白馍

父亲说，那是他的位置
他指了指八仙桌旁边的木椅子
偏上一点的位置，那是他的老头
咳嗽的终点站

每年清明，父亲上坟
一次也没有落下
每次都指给我们兄弟俩看
每次我都能挤出几滴泪

落叶归根，父亲说
有些话只能意会，狠狠地点点头
我们丈量各自的距离
父亲又说，别落草为寇

兰州，七仙女落在人间的靴子

有草茂密，有牛郎翘首等待
如诗如画，谜一样的兰州
有风呼啸，有黄河激情澎湃
如钢如铁，梦一般的兰州

诗画有多美，风景就有多旖旎
钢铁有多硬，骨头就有多倔强

北有敦煌，飞天
南有凤凰，拜祖
东有太阳，喷薄如奔千里的黄河
西有鸿雁，回归却抵万金的家书

北斗七星有靴子，步伐就有多铿锵
天上人间有玫瑰，爱情就有多绵长

母亲的雕像多慈祥，兰州的女子
如下凡的仙女

城市的月光多皎洁，兰州的男子
如多情的牛郎
写一首情诗给兰州，我们是一群追梦人
兰州在奔跑，再次引领爱的时尚

春天的盛宴

母亲常说，把手洗干净
把睑洗干净
把脚洗干净
我知道怎样去做一个手脚干净的人

燕子常来，把草衔来
把枝衔来
把泥衔来
我知道在春天怎样等待新生命的降临

杜鹃歌唱，天鹅歌唱
歌唱春天
歌唱生命
我知道怎样做一个无愧于天地的诗人

呐喊，为春天的盛宴
为了城市的芬芳
为了乡村的寂静
我知道怎样丈量黄河到长江的尺寸

两盏灯

一盏映红了山下的湖
鱼的鳞片兀自折射出太阳的光
我们在石头旁，红着脸
拥抱，亲昵的动作在春天爆发

晨跑的大叔，竖起了拇指
早起的白鸟，试着添一些乱
我的双肩长出一对翅膀
在晨光中，远走高飞

另一盏灯，渐渐熄灭
太阳高高挂起
村庄，好像灯的芯
又像风筝的线

我与你，两盏灯的距离
你是太阳，你是月亮，你是高贵的女子
我们的爱情，可望而不可即
大好的春光里，做做白天的梦

冬去春回

冬有冬的去处，春有春的来意
窗外的雪花
化作细雨

回忆一把一把
念念不忘的那个她
恋恋不舍的那个家

冬去春来
在麦地里奔跑
光着脚丫

你我，还有邻家的二丫
在胡同里摇晃
枣树，偷偷地沾花

东风第一香

原来是你
鹅黄鹅黄的小花
阳台上，沟壑间
暗香乍起

接踵而至的，如群英荟萃
接下来，春光只剩下明媚
慢慢回暖
慢慢爱

你选择了让
把舞台交给玫瑰
你选择了躲
把墙头交给蔷薇

早春第一花，她最爱的——
迎春花
久居小城，心
早已飞奔而去，让种子飞

春天的处方

百合二钱，玫瑰一打
生地，熟地，轻轻碾碎
燕子衔来春泥
二丫缝了春鸡

院子里的白杨，微微泛青
取白马河里的水，二两
掏陶罐里的青皮，二枚
东风为引

母亲继续眺望
久站的胡同口，早已寸草不生
用河水洗衣，用井水浇园
莫说井水不犯河水，我怕她的泪水泛滥

久病成医，我为春天开一剂良方
春风拂面，马蹄疾
快快快，让我们携春光
走遍大好河山

春　行

冰雪告别，恋恋不舍地流水
美其名——春天的眼泪
风如长鞭，催促我快快上马
莫不是念念不忘的凤凰山有了绿意

正月十五，母亲送我出门
她忘记了用扫帚——出门的另一种方式
迟钝，迟疑
分明是于心不忍

站在邹东最高处，远眺
城市是一片海
站在城市最大央，挥手
凤凰山是一座岛

拥抱过的古柏，挂满了星星
在春风沉醉的晚上，更加璀璨
无论走多久，总有一块故乡的石头
等我来打磨成春天的模样

春　晓

孟庙的刺槐刺破春的春梦
我站在树下透过树洞望西边的太阳
——月亮升起，灰鹤栖息
我寻找着另一个自己

出窍的灵魂，挑选它的臭皮囊
出没的山鸡，无心占山为王
夜行的黄鼠狼，惧怕夜行的月亮
月亮之下，夜游神撕下伪装

等一声惊雷，等雷声滚过天边
等一只蝴蝶，等蝶儿破茧而出
一些雷池，早春已过
一些蚊虫，伺机而动

我为春天画一张饼
油菜花，映山红
春天为我画地为牢
风含情，水含笑

春天的生命

来了，就不想走了
钻出地面的芽，绿而黄

爱了，就不想恨了
握手言和，也包括水与火

母亲站在胡同口臭椿树下
听村外马蹄的声音，由远及近

生命，总是在春天醒来
父亲总在春天回家

拯 救

一些人去寺庙烧香
我拿什么拯救你的虔诚
一些蚂蚁开始搬家
阳光落在900岁的桧柏树上

一些蜜蜂准备合唱一曲
春天的芭蕾
久置的镰刀想念躲在墙角的磨刀石
牛筋草长了牛脾气，打算把春天拽回高家胡同

花儿打算把糟糕的往事，抖落在泥土里
蚯蚓往深处掘，掘向更深的根
我多想做一个地下诗人
从大地最底层发声

我拿什么拯救自己的灵魂
上善方可若水，厚德才能载物
从今日起，脚踏实地
继续做一个劳动者，继续耕耘

一个人的孟庙

一千个故乡
我也不会交换
一千个春天
我也不会背叛

这是一个人的故乡
这是我的，一生的守望
这是一个人的孟庙
这是我的，寂静的春天

一千只蝴蝶的，舞姿万千
一千朵桃花的，粉色千万
一千只蜜蜂酝酿的糖衣炮弹
一千支鬼针草膨胀的口蜜腹剑

我也喜欢，因为这是我的故乡
纵使一千年
隐姓埋名的青石，藏匿了旧时光
浩然正气犹存，气象门稳坐泰山

冬至，你未至

冬至，春来
一念如来，一念阿来

把孤独交给仁慈的菩萨
把寂寞交给易懂的小说

诗歌陷于两难之地
你我陷于水火

你来与不来，太阳都在
爱，不是那个女巫的伎俩

两棵树

亚圣，亚洲，亚马逊，亚历山大
合抱其中的一棵

发小的手不够长
发廊的手咯吱咯吱响
发烧的手滚烫
发哥的手捧场

两棵树，一棵做成了课桌
一棵漂白成了教科书

亚圣有庙
亚洲有风
亚马逊有河
亚历山大有树支撑

你来不来

茇茇草已经把种子献出，你来不来
皂角树已经把针刺拔光，你来不来

仿古的建筑已经取代高家胡同的土墙
你来不来

谁不曾背井离乡，谁不曾两手空空
谁不是一身皮囊，谁不想天天向上

好好学习的课堂，你来不来
小桥流水的姑娘，你来不来

等

等死神伸出温柔的右手
七情六欲，顷刻间化为乌有
爱我的人，围着火炉
诵读十年前写给自己的墓志铭

红尘，灰尘
我愿在春光灿烂的日子里
入土，出土
我准备再次发芽

等春雷滚过藏青色的天空
越远的地方，越有风
等风穿过高家的胡同
越硬的地方，越有水

风生，水起
当爱神再次出现，当弓箭再次离弦
亲爱的，请等等我
——我再一次拒绝死神的邀请

你的名字

在大雁南飞时，我不敢提起你的名字
我站在护驾山上，看云卷云舒
层林尽染的山啊
黄了杨柳，红了槭枫

在芦花飘飞时，我不愿喊出你的名字
我倚在唐王河旁，读春去秋来
银装素裹的河哟
起了涟漪，送了秋波

在蓝陵古城的牌坊下，我不敢说你的名字
哪怕轻轻的，轻轻的
我不敢说
在蔚蓝的天空下

在漆女城遗址上，我不敢写你的名字
哪怕轻轻的，轻轻的
我不敢写
在洁白的大地上

风的季节

我在讨好秋天，好比
我的初恋
这是风的季节
这是秋的私语

我看见金黄的银杏叶
从孟庙的红墙外
从凤凰山的柿子树下
从捧着诗集的她的怀中

集结，像蝴蝶
像成百上千，不，成千上万的
蝴蝶
纷飞，翩翩起舞

就让风把日子吹响
把幸福的号角吹响
就让我们深爱吧
就在这场深情的秋风里

如果你不曾在秋天歌唱

如果你不曾在秋天写下诗几行
你就不会知道
秋天多么美好

我用一米阳光
换你那时的骄傲

如果你不曾在秋天背井离乡
你就不会知道
故乡多么忧伤

我用万吨的月光
换你今生的惆怅

如果你不曾在秋天耕耘
你就不会知道
大地的宽广

我用满粮仓的小麦玉米大豆高粱
佑你一生平安
如果你不曾在秋天歌唱
你就不会知道
母亲的力量

她用满田野的花——草——虫——鱼——
汲我们天天向上的信念

冬至添一岁

冬至添一岁，我怀疑母亲的学问
小学三年级吧
母亲说她连名字都不会写
对于我来说，她俨然是一个老先生

从咿咿呀呀
到后来的出口成章
无不是母亲的言传身教
骂鸡骂狗骂山外的黄鼠狼

下笔如有神
却得意于后山的一株蜡梅
雪中行
雪夜山中行

有一个藏书洞
有白狐在舞
有一个女子娉娉袅袅
母亲揪住我的冻耳朵，我又在午后偷睡

入春手册

把秋运往冬，我在读
简明老师的入冬手册
把冬运往春，我在写
鲁迅先生的入春诗歌

我与徐霞客不期而遇
一个望山，一个看水
我与徐志摩相见恨晚
一个望水，一个看山

芽孢，东南方向的最饱满
桃花最解风情
鹅黄，运河两岸的最出彩
柳枝最懂婀娜

捂春，母亲劝我捂住春天
春天的消息不胫而走
惊春，姐姐怨我惊醒春天
提亲的人们蜂拥而至

初春的月亮

月亮从小北湖里爬出来
月亮从浣笔泉里爬出来
月亮从老运河里爬出来
春天分娩了

举起杯吧，李白的月光里
还有第三个人
举起杯呀，杜甫的草堂里
还有一个月亮

月亮弯下腰，捡起一颗毛茸茸的栗子
把秋天放回山中
把春天接回小城
月亮弯下腰，拾起一颗绿盈盈的松针

松针那么轻，那么小
露水那么明，那么亮
挂在松针上
像初春的月亮

屈原，我们已有 **2994** 年不曾对话

一

今生，我无法步你的后尘
屈原，我们已有 2994 年不曾说一句话

五月初五，你可曾听见我的一声：且慢
你的纵身一跳，
世间只剩下艾草
飘香

问天，天苍苍
问大地，大地一片野茫茫

我们忘记了《九歌》
却哼起了《稻香》
好一个"香草美人"
溅起的浪花砸醒了后来者的灵魂

二

一生，就这么走远
历史也无法给我一个答案
一声，就这样喊出
屈原也无法与我再次对谈

一升，仅是米的容量
用多少苇叶包一个粽子
一米，仅是爱的阳光
用多少龙舟接一个灵魂

今又端阳，接你回家
你的后裔与孔子的后裔正在曲阜狂欢
寂寞是一个人的狂欢
狂欢是一群人的寂寞

灵均，我试着喊你
不要流泪，那一行一行的艾草
诗人，只有你才配
不要忧愤，那一寸一寸的傲骨

三

我在邹城等你
等你《天问》
你的《离骚》
可知我在望云

一痛再痛，痛了千年
千年一叹，你在汨罗江边继续徘徊
一等再等，等了千年
千年一念，我在孟子故里继续等待

你已羽化成仙
所有的魑魅魍魉，纷纷潜逃
终将魂归故里
一切的生老病死，皆成云烟

江山如此多娇
大好河山怎么负了你的情操
路漫漫其修远兮
我们已有 2994 年不曾说句话

第四辑

晚熟的柿子

春天的姑娘

我喜欢春天的太阳
照在红砖青瓦上
隔壁家的花猫
眯着眼睛

晾衣架上的干鱼更干了
腥味瞒过了懒惰的外公
代销店里飘出几丝淡淡的醋香
花大姐，声音嘶哑，学着猫步

发小，翻出蒙尘的铜锣
转眼，又是一年的时光
村庄，还是不声不响
春天如春姑娘，粉墨登场

柳丝吐绿，比鞭还长
我学着花大姐的花腔
思念你——帕米尔高原上的姑娘
我在柳行怀念一只螳螂

小镇姑娘

小镇太小
从东往西，三个村庄的距离
人烟稀少
过了初五，炊烟没了踪迹

折一枝梅，或柳
骑一匹马，或牛
把教科书藏起来
把高跟鞋藏起来

亲爱的姑娘，我把木鱼
交给下弦月
可爱的家乡，我把石头
还给上九村

种子在土里，微风唤醒了它
种子在心里，细雨滋润了它
小镇的春天
姑娘的跑马场

与护驾山对饮

红酒、白酒、啤酒，我想起了雪中茅庐
与她对饮，她把匕首藏在衣袖
与他对饮，他把地图挂在明处
与山对饮，它把芦苇一夜白头

我在胡同，修缮草堂
草堂有草，风一吹就动
她在胡同，修剪月亮
月亮有影，对影成三人

闻鸡起舞的青春，早已过去
头悬梁锥刺股的时光，渐行渐远
来来来，与护驾山痛饮
一杯两杯三杯，千杯不醉

把石头看成云朵，那是她的渴望，她的温柔
把山看成庙宇，那是他的膜拜，他的想法
端起酒，端起过去
——与护驾有功的山，再饮一杯

与凤凰山对峙

外婆的拐杖，长成了藤
冬去春来
由灰转青
春天有了颜色

与凤凰山对峙久了
眼泪滑了下来
落在藤上，像木鱼落了雨
春天有了声音

思念很玄妙
总是在早春想起入土多年的外婆
入土为安，我怕我的思念
太深，把她打扰

凤凰山上的凤凰去了哪里
我迟迟没有找到答案
与它对峙的日子
我迟迟不回

在葛炉山

炼丹炉，支离破碎
月光与白银
分不清，谁是谁
在葛炉山，我无法驾鹤西去

她的眼神，中毒太深
我的灵魂，如草尖上的雨水
只剩下清纯
身为父亲，我不是一个人

土是土，尘是尘
跟着好人学好人
跟着姑婆，学下神
下笔如有神，得多读书，千卷万卷

千遍万遍
月光之下，打开一些门
经得起太阳的洗礼
经得起葛炉山的迷魂阵

凫山记

水鸟为凫
水木为沐
深呼吸，驱车六十华里
眼前一亮，整个绿色的海洋

山中行走，碧绿深绿墨绿
尽收眼底
高歌一曲，李白杜甫白居易
尽情合拍

我与古人同乐乐
不知孤独为何物
我与万物皆欢喜
不知愁的滋味

天下凫山，我揽春风
十里百里千万里
草木有情，我携初心
望见看水记乡愁

牙 山

小时候，下牙掉了，往高处扔
比如屋檐
马头墙
还有十公里外的牙山

父亲拉着地板车，从胡同出发
拉着我，包着我的牙
朝太阳升起的地方，奔去
小麻雀叽叽喳喳

叫嚷着，春天来了
我成了说话露风的人
花大姐有了秘密
再也不说给我听

牙山很陡，我望着出神
父亲把牙抛起来，牙不见了
那时候，父亲像一头牛
拉了一车的碎石回家

从矸子山到稽灵山

几年的光景
矸子石堆成了山
我们在山上捡拾遗落的"乌金"
捡拾"朝花"，捡拾"青春"

怀念"南中"的日子
窗户很大，我们可以钻进钻出
晚自习后，常常偷偷地复习
借月光照亮如墨的字

挥手间，十几年过去了
我们已经成家，却没有立业
过着平凡的日子
数着流水

怀念"黄林"的时光
有屯溪，有乌篷船，有鱼鹰
有漂亮的女生
还有万丈豪情

高家胡同的春天

小脚的外婆把深蓝色的头巾解下
系铃还须解铃人，把锈迹斑斑的
铃铛，还给摇尾乞怜的"木木"
春天，就这样惊醒了

大手大脚的二婶，端着青花大海碗
绿豆躲在墙角，兀自发芽
空碗朝天的那些时光
一去不复返了

三岁的女儿，抓起锅底的灰，一扬
像一场雾，从冬下到春
看见了，笑声
从粉嘟嘟的脸上荡漾开了

只有她，抹着眼，佯装
切着拳头大的洋葱
心里的鼓，一个劲地敲
"高家胡同的春天，来了……"

回头是岸

屋子里，炉火已熄灭
窗外，鹅毛一片一片落下
姐姐朝胡同口——眺望
垫起的脚尖，有点麻

虚掩的门，仍然虚掩着
墙上的年画，兀自卷着
一些网，挂在墙角
一些网，藏在雪下

一些回头，黄金也不换
一些过往，鸿毛般轻盈
母亲朝村外——张望
烧火棍成了拐杖

他还是没有回来，大地
一片洁白
他终究还会回来，春暖
必然花开

麦地姑娘

在城市里穿行
如迷途的蝶，迷失了星辰
睁着眼睛
她说着她的过去，言不由衷

从屯溪到白马河
她选择了月光
沐浴，更衣
溪边只有鹅卵石，河边只有芨芨草

稻花与麦花，夜一长
梦就多
想起 1998 年的马头墙
站在诗人的肩膀上，一跃而起

我站在太阳底下，阳光像炉火
追逐或捕捉一只迷茫的蝶
米酒，满上
它在掌上，舞姿妩媚

风吹炊烟

老远，老远的地方
风吹起了炊烟
仰望，仰望长空的姑娘
把花茶晒干

麦子在大地上奔跑
是风的力量
姑娘在村庄里劳作
是诗人的眼光

五谷杂粮，在高家胡同堆积如山
包括麦垛与柴禾
刺猬有了藏身之处
芦花鸡有了啄虫之地

把乡愁装进酒坛里
把思念与辣椒泡在一起
风一吹炊烟
眼泪，接踵而落

小时候

胡同外的那棵皂角树
拴着马虎大妈家的大青羊
那时候，老鸹常常弄丢了枕头
那时候，隔壁的发小常常借给我弹弓

胡同里的那块磨刀石
磨着夏四奶奶家的小镰刀
那时候，打碗碗花在地头上疯长
那时候，丝瓜花在墙头上乱撞

天空中的那朵白云
盯着我看
那时候，长姐姐常常盯着白云看
那时候，我偷偷盯着姐姐，也偷偷地瞧

水井里的那个辘轳
带着我转
那时候，山不转，水转
那时候，太阳跟着我的心儿转

悬崖未悬

村庄在山的怀抱里熟睡
多少年了，我们在村庄里酣睡
多少年了，我们的心里有一处悬崖
走出去，走不出的

我在轻轻地哼，怀念一个姑娘
我在哼，毛毛在呜呜呜
对于我，矮墙就是悬崖
对于毛毛，我也是悬崖

它无法蹬鼻子上脸
我无法退让
那年，我得了很奇怪的病
——浑身发软，无力

窗台长青苔，豆腐长长毛
尽量多晒一会太阳
然后，想想
她的脸——像悬崖的另一面

那姑娘

又一年，又一个春天
梦孕育着梦，在我的右手
想幻想着想，在我的左手
一条大河，从西向东，兀自流去

那姑娘，枕着白马河洗她的乌发
"苏堤"的桃花粉了
"白堤"的柳叶绿了
一个诗人，误把河两岸的路当成了西湖的堤

老先生起身，挥舞着礼帽
一切那么忽然
一切那么突然
等待的，继续等待

忽复乘舟梦日边，草绿了两岸
突然想起那只蟋蟀
从左手跳到右手
从月下跳到了月亮之上

那句话

是火，是水，是闪电
那句话，让呼吸暂停，让心跳不已
是风，是云，是雨雪
那句话，捉摸不定，形影不离

是刀，是剑，是玫瑰
那句话，涂了砒霜，抹了蜜
是太阳，是月亮，是她的眼神
那句话，炙手可热，却又冷若冰霜

是南墙，不撞不回头
撞了也不回
是斗牛，时而红了眼
时而红着脸

那句话，纸包不住
穿越万里，死心塌地
那句话，冰冻三尺
瞬间消融，皆大欢喜

春　天

柳色青青
姑娘莫笑，春风如虎添翼
白马河里打捞——一轮月亮
三只猴子，莫问上弦月，还是下弦月

想要问问，高家胡同的风
是否春天已经醒来
想要抱抱，桑与槐
是否柳哨已经吹响

一个春天，不经意间走来
像爱情藏在你的眉宇之间
一首诗歌，随手拈来
像沃野从未荒芜

生命再次苏醒
春天呀，这是我铭心的春天
泪水打转，无论谁指着或骂着
大地啊，这是我刻骨的初恋

风从何处来

我不知道风，我不知道
它从何处来
——流沙河里的水起了涟漪
——凤凰山上的草泛了绿意

我不知道唐王湖里的麻鸭
是否有了醉意
岸上的垂柳，更加婀娜多姿
湖里的倒影，更像一个处子

我不知道灯光
是否有了暖意
把将落未落的落日
写进春天的诗里

我知道，我知道——风
从高家胡同吹来
又一春
又一次春风十里百里千里

青　灯

灵魂沿着木梯，爬向护驾山
胡同，究竟是柳家，还是高家
柿子早已风干
灯笼早已挂起

乡下的母亲，拨亮了煤油灯
青色的天空，加深了夜的深
我不再抱怨
虫儿不再轻声细语

春天的蝴蝶，早已做了茧
夏天的知了，继续它的梦
——七年一梦
我，十年磨一剑

青灯青，冷夜冷
胡同的草木更深
我从山上
回望故乡，村庄瘦成了一枚青月亮

青　木

一点青辉
一滴清泪
背靠背的那棵桧柏
落满了灰鹤

遥知不是雪
遥不可及
遥远的
爱

姐姐的连衣裙，紫色变青色
姐姐的蝴蝶结，锁在母亲的抽屉里
姐姐的麻花辫，交给了春风
二月的春风比剪刀还锋利

捂了一冬的桧木，泛青
弹了一夜的吉他，手麻
面对面的，除了姐姐
还有那口雷打不动的青铜

青　衣

模特，青衣
总是让我越陷越深
那猫步，那猫眼，那猫
那水袖，那水腔，那水

水太清，把水的青色
舞成了青衣
阳光与月色
轮流坐庄

我爱，模特的舞台
我在小小的晒麦场上
——东施效颦
麻雀成了临时的观众

我爱，青衣的人生
我在长长的高家胡同里
——入戏出戏
风是我唯一的情人

青 色

姐姐说，草原的晚春是青色的
简明说，草原不留客
姐姐说着，去了千里之外的毡房
简明说了，从深浅不一的脚印掂量来者的身份

数年后，我披上地下诗人的外衣
去远方寻找诗
从诗中寻找远方
风一吹，草统统低了头

一些羊，一些过往
一些种子，一些土壤
今生，只想做卑微的草
再小的草，也藏有致命的风暴

姐姐去的草原，没有雪
简明去的远方，雪无垠
今夜，只想一个人
再大的雪，也眷恋天空的青色

麦田青青

麦芒尖尖，跳来跳去的小女人
打开春通往夏的门
我习惯用竹筷敲打角落处的青花碗
声声如月光下的木鱼

遇见了雨
在屋檐下，姐姐总是低着头
乌发长长，暗香浮动
院子里的紫色小花，编织着一个

紫色的梦
胡同外的苦楝花幻想着紫色的
乡村爱情
捡拾碎纸，手中的铅笔头

画了青青的田野，麦芒长长
蜻蜓低飞
我怀疑麦尖上跳舞的小女人
来自乡村

黑色的歌

我爱，我爱一个姑娘
黝黑的肤色，源于太阳的偏爱
清澈的眼神，源于泉水的宠溺
坐在地头上，风轻舞飞扬

我爱，冬去春来
一些落叶总是忘记归根
一些尘土总是渴望色彩
我爱，红尘滚滚

远离故土，远离贫瘠的大地
失魂的失魂
落魄的落魄
我爱，包括每一寸

我爱一个姑娘，她在白马河旁
冰雪早已消融
桃花正在含苞
黑色的土地也是一首黑色的歌

白色的雪

纷纷扬扬，三天三夜
三天三夜，纷纷扬扬
93 岁的外婆，仍然早起
三米长的裹脚布，依然结实

院子里的雪，三尺厚了
屋子里的人，缄默如三更时的雪
大舅磕了磕半米长的旱烟袋
——表妹呛出了眼泪

咳，咳，咳
外婆打破了长久的寂静
呃，呃，呃
——表弟打了个饱嗝

雪把人间还原成白色
她在想外公的狼毫染了风霜
把一生交给洁白的雪
生命在 93 岁的春天定格

流　苏

一朵花，就是一个字
一簇花，就是一个词
一枝花在春天醒来
一首诗在春色中诞生

与千年孟府，嘘寒问暖
我无法用锄草的左手抚摸青花瓷缸
与百年流苏，呢喃细语
我无法用写诗的右手折损青色花枝

一场雨，赶在春分前
钻出地面的绿，又一次畏惧墙角的锄
一封信，赶在清明前
寄给乡下的娘，又一回摊开缸里的面

我以一个情人的爱，辞别
如雪的流苏
我以一个游子的心，快马加鞭
回归故土

空碗朝天

母亲朝着空碗，喊我的乳名
我病了，陶罐煎熬着草药
我煎熬着胡同里的高家
打铁的打铁，在火里，我未必是一块金子

文曲星下凡，父亲误信了算命先生的道
我又一次死里逃生
碗白对天青
我对文曲星

喝了九九八十一副
碗，空了满，满了空
母亲的技术越来越娴熟
急火用劈柴，文火用柴禾

晚春时节，我又一次脱胎换骨
风把健康的号角吹响
打铁的仍然打铁，只有千锤百炼才能成钢
空碗依然朝天，只有百转千回才知珍重

异乡的月亮

屯溪，我在你的梦里靠岸
把石头雕刻成她的模样

月亮，独在异乡也成了异客
把石头抚摸成她的泪光

从此，天黑不用点灯
小心翼翼啊，走过她的窗前

从那，信上的字——再也看不清楚
水波粼粼，月老总是一醉不醒

白马河

河工已经老了
河工的后人，渐渐老去
河里的蚌，借斧足行走
壳有点硬，珍珠的温床

河里没有河神
河里只有小虾小鱼

水草继续飘摇
鹰在飞
水底的泥，黑
洗煤厂已经关了三年零三个月

河里没有鱼虾
河里只有白色的袋子

老槐树

小学老师坐在护驾山上的大石头上
像极了高家胡同里的老槐树
风一吹，朝南的一枝
频频挥手

倔强的眼泪，终于夺眶而出
我与她，三十年未曾相见
盛夏的时候，落在山间的云
染成绿色

69 岁的母亲坐在胡同口的大青石上
洒下绿荫的老槐树
朝着护驾山的方向
极力眺望

鼻子一酸，酸水习惯性地往上涌
慢性胃炎又犯了
乡愁是一剂良药
槐花和面是引子

十二月的阳光

躲在吊脚楼上
我无法察觉姐姐的忧伤
十二月的阳光下
荒废学业的少年郎更加吊儿郎当

一株向日葵开在遥不可及的边疆
一只蝴蝶托梦告诉我太阳的方向
时候是寒冬，哪来的葵花
时间是腊月，哪来的蝴蝶

我又一次语无伦次，又一次面对巫婆
一碗水，三张黄纸
逃不出的人们，索性守着脚下的大地
空碗总是朝天，空穴总会来风

迎风而歌的，是我；逆流成河的，是夜
姐姐数影子，我数花脚蚊子
炊烟升起的，是乡愁；阳光明媚的，是乡情
姐姐收集往来的船票，我收集泛黄的家书

情　书

家书抵万金，父亲常常站在高家胡同口
等背着绿背包的叔叔

等了三十年，直到那个叔叔变成一只绿鸟
在胡同外的林子里，飞来飞去

父亲中风了，嘱咐我们继续等下去
言语不清了，多么像儿时的我们走丢了母亲

拐杖留下了一串串字
是他写给母亲最后的一封情书

风水谣

姑姑的门前有一条河
姑姑嫁给了一座山，守着万亩桑叶
风吹过来，隐隐作痛的，是我
雨飘过去，淋漓尽致的，是我

姐姐的门前有一座山
姐姐嫁给了一条河，守着千顷荷花
风袭过来，提心吊胆的，是我
雨打过去，汗流浃背的，是我

街上行走，那个为我提灯的人，走了
一条河，总是呜咽，呜咽
街上挑衅，那个为我叉腰的人，远了
一座山，总是静默，静默

误入江湖，姐姐成了女侠，我成了侠客
一条河，流向沙漠
勇闯天涯，姑姑成了雪花，我成了雪雕
一座山，指向雪原

感恩的心

吃水怎么可以忘记挖井的人
过河怎么可以拆掉过人的桥
母亲啊，我在乡下
——时刻准备着

喜鹊总是栖在高高的白杨树上
乌鸦总是窝在矮矮的皂角树上
姐姐哟，我在高家胡同
——时刻等候着

月光总是洒在绿地毯上
泪光总是挂在紫薯叶上
爱人呵，我在麦地里
——时刻劳作着

秋千总是在秋天轻轻地荡漾
春雨总是在春天悄悄地润泽
女儿呐，感恩的心
——一刻也不停

胡同风云

泥坯墙仍然矗立在高家胡同
望云的望云，看水的看水
父亲叮嘱我尽量把名字刻在向光的一面
刻深一点

云朵落下来，落在麦垛上
蛰伏的蛰伏，飞翔的飞翔
母亲从井里汲出的水，养活一池的鱼
一池的荷

从山外吹来的风，吹醒了花草树木
花儿在姐姐的脸上绽放
草在招手，甚至飘摇
树吐绿，木泛青

望云的我，看惯了井水、河水、晶莹的露水
怕风的怕风，怕云的怕云
胡同是一帧长卷，我在某个角落
寻找父亲的名字

梦回屯溪

此刻，我在孟府
聆听砖瓦的私语，900 年的等待算不算长
此景，我在屯溪
倾听江河的心声，900 天的陪伴算不算久

又一次梦回屯溪
又一次仰望长空
杜鹃红了，映得稽灵山只剩下春天
杜鹃鸣了，整个春天装满了老街

宋元明清，风霜雨雪
我走在街头，一些马越墙而来
泼墨的女子，躲在马尾松树丛中
松针与松针，窃窃私语

伸出手，触摸到五步蛇的清凉
心平气静的人，躲过一劫
惊诧之余，忽醒
——竹简让我感到了劫后的心悸

北 上

父亲的背像一张弓
把弓拉满
风告诉我方向
弹出去，逃脱父亲的手掌

太阳把影子拉长
叮叮当当
头顶上的积雪，守着
日日敲钟的老校长

捎来的家书
一张一张
最疼我的老村长撒手人寰
一些人指手画脚，一些人指桑骂槐

北上，继续北上
每个人都是自己
人生海海的老船长
一些故乡铭记，一些故乡遗忘

南　下

黎明出发，黄昏到达
久违的绿皮火车
久违的栀子花
路灯下，我把从黄河支流捡来的泥沙

——交给她
芦苇已在白马河里
芦花准备好了
再远的远方，需要足够的风力

南海姑娘，确切地说南关姑娘
从新安江到钱塘江
从扬子江到白马河
南方多江，北方多河

再宽的江，也藏不住我的思量
再大的河，也挡不住我的善良
久违了，屯溪的月亮
久违了，西湖的月光

屯溪的月亮

半个，不，三个
爬上来
爬上来
究竟是谁家的月亮

胡同，不，高家胡同
张家长
李家短
究竟是谁家的姑娘

郁达夫的船，泊在屯溪码头
一些春风沉醉了
一些桂花迟迟未落
鱼鹰落，如陷入情网的我

遇见水，跟随故乡的河流
遇见鸟，跟随流浪的云朵
遇见屯溪的白月光，跟随
跟着，直到鱼化作母亲的荷塘

母亲的荷塘

我承认，我是一匹弱不禁风的狼
母亲打造——笼子
家北的杨树枝
坡南的柳树条

其实，我是一只羊
我只是误伤了老村主任的塌鼻梁
忤逆的牌子
不孝的字

母亲低着头，低着头
在院子里挖坑
在坑里——挖井
水，汩汩而出

种上藕
种上风，风言风语就会轻一些
种上吧，俯拾即是
我一直怀疑，母亲哪来这么多的眼泪

雕 琢

曲子交给笛子
笛子交给竹子
竹子交给竹笋
竹笋交给手无缚鸡之力的纤纤玉手

她得了奇怪的肌无力症
她得了
却躲我躲了三千零三夜
躲进了我精雕细琢的木盒子里

鸿山寺外

晨钟，暮鼓
寺院的虫鸣催促我们上马
还俗的木鱼
敲击着偷偷上山的阿妈

钟响九下
山下的炊烟，有几缕飘过我的枕边
昨夜星辰太美
同行的徐兄，忘了关窗

汲水的阿姐
刚刚捉过早早饮露的菜青虫
还俗的青山
对他来讲，杀生是一种罪过

不知道，那些绿色蔬菜
有没有，穿过他的胃
阿妈揪他耳朵的刹那
我们学会了——念念有词

臭椿花开

细细的小花，弥漫的香气
槐花入饼
口水与馋虫，让坐在轮椅上的"大大"
坐立不安

紫色的楝子花，孕了紫色的梦
有一个女子，袭了紫色的裙子
黄色的臭椿花，醉了黄色的酒
有一个少年，骑了一头大黄牛

村庄里炸锅了
胡同里静悄悄
臭美的拉拉秧大婶，涂红了指甲
马虎的大妈，这才想起院外的指甲花

三年了，他回来了
白马河上的风，吹皱了母亲的荷塘
一千零一夜，她数着臭椿树上的花大姐
一二三四，五六七八

冬季到孟子故里来看雪

梦是唯一的行李箱
从江南，借一把油纸伞
乘一叶乌篷船
一路北上

孟庙的红墙外，青石板如天空般干净
岁月那么绿，青春那么轻
经年的公孙树，叶子纷纷扬扬地落
像下了一场纷纷扬扬的雪

把藏了十八年的女儿红，烫好
把剪了十八年的窗花花，贴上
把锁了十八年的日记，轻轻打开
把写了十八年的情诗，念给你听

不用说，河边的垂柳
白马河上的风，轻吻你的秀发
不要说，湖上的舴艋舟

唐王湖上的水，眷恋你的倩影

不必说，山上的奇石
护驾山顶的雪，那么纯粹，那么白
不能说，胡同的秘密
高家胡同的墙，那么矮小，那么土

一些过往，穿过孟府的流苏
一些忧伤，沐浴鲁南的月光
一些风，吹过你，也吹过我
一些雨，淋过我，也淋过你

我在孟子故里朝圣
看，雪落无痕
我在高家胡同等你
听，春之声——

挂在鹅掌楸树上的月亮

姐姐，二十年前的那枚红月亮
挂在稽灵山路 9 号的鹅掌楸树上
新安江的水涨了退，退了涨
道一声珍重，道一声——涛声依旧

姐姐，十九年前的那轮蓝月亮
挂在鹅掌楸树上
马尾松树上的小松鼠上了下，下了上
道一声珍惜，道一声——海棠依旧

姐姐，十八年前的那个灰月亮
如鹊栖在鹅掌楸树上
高家胡同里的狗尾巴草长了疯，疯了长
道一声哎哟，道一声——麦香依旧

姐姐，十七年前的那个——绿月亮
如苔藓爬在鹅掌楸树上
语文课本上的乌鸦反哺，羊羔跪乳
喊一声妈妈，喊一声——故乡依旧

胡同爱情

一层窗户纸，很薄，很薄
流言很短，流年很长

姐姐坐在井沿，不言，不语
有火忽闪，有光忽亮

一杯白开水，很烫，很烫
生命可贵，生活可圈

姐姐坐在地头上，云舒，云卷
有风刻骨，有雨铭心

过　客

路过胡同，路过羊汤馆
羊在咩咩
像极了她的哭泣声
离家多日的我，像一头牛

红布在不远处晃
一晃，红领巾晾在春风里
再晃，红盖头躲进冬暖夏凉的石头房子里
红围巾在胡同以外——飘

门环褪了色，门板剥了漆
门轴吱吱
像极了她的呻吟声
路过小镇的我，像一棵草

镰刀在不远处晃
一晃，草串了一串草鱼
再晃，有鸟落下来
只是，她的房间一直空空

我爱你

再过一个世纪
你还是十七的年纪
我爱你
像风穿过草地

捧着瘦小的黄金梨
用月光量一量城市到村庄的距离
你守着一贫如洗的高家胡同
继续一贫如洗

我爱你，苍白又无力
大缸装满了麦粒
小缸溢出黄金色小米
这些还不够，温饱不是问题

温暖才是真谛
再过一个十七
落叶洒满大地
我可以慢下来，聆听你的私语

晚熟的柿子

早慧的，如唐代佛像静卧在凤凰山之阳
经风历霜
远远地望，像一枚晚秋的柿子
缄默不言

离经叛道的柿子，往往早熟
无人来摘，无鸟来啄
柿子，兀自由青而红
夕阳西下，各有各的梦

眺望小城，万家灯火
如星星惺忪着眼
她在小城，望山野
如灯笼高高悬挂

叶子纷纷落，等有缘人前来寻幽探险
月光洒满高家小院，心中藏有万水千山
像一枚晚熟的柿子
在无人问津的胡同里，等一个过客

红月亮

屋顶上的草，纷纷举手
经霜的月亮，红润了她的脸

把秋交给冬，把瓦片交给月光
如果爱，把爱交给城市里的雕像

是时候了，高家胡同的风
从南吹向北，从西转向东

我从白马河来，风声紧了
久居小城的她，像跳跃的红月亮